神奇柑仔店7

糟糕！我吃了款待梨

文 廣嶋玲子 圖 jyajya 譯 王蘊潔

目錄

英雄刑警布丁
幹勁火種糖

序章

有個女人站在沒有星星也沒有月亮的漆黑夜空下。

這個身材高大的女人穿著紫紅色的和服，一頭白色的頭髮像雪一樣白，但是她的臉很豐腴，完全沒有任何皺紋。她在呼嘯的寒風中，穩穩的站在大地上。

這時，有一個男人出現在女人面前。這個男人身材瘦長，戴了一頂高高的禮帽，還披著黑色斗篷，一頭油亮的頭髮和下巴上翹起

來的鬍子，竟然是成熟草莓的顏色。

雖然他看起來是個紳士，但臉上卻露出狡猾的笑容，讓人覺得並不可靠。

男人露出一臉賊笑對女人說：

「嘿嘿嘿，你竟然真的來了。」

「既然收到了挑戰書，我當然不會躲起來當縮頭烏龜。」這個女人鎮定自若的回答。

「我說怪童啊，你要和我比輸贏直接說就好，根本不需要動那些手腳添亂。」

「嘿嘿嘿，有人委託我，要盡可能多給你製造點麻煩，所以只能請你見諒囉。」

「受人之託……該不會是『倒霉堂』的澱澱吧？」

「你猜對了。她現在失去自由，所以心情很惡劣。你應該能感同身受吧？」

「……」

「你看看，就是因為你露出這種不感興趣的表情，所以澱澱才會這麼生氣。只要你認真和她較量，她就能心平氣和了。」

「這種事不重要，我們先談正事。所以這次是由『你』代替失去自由的澱澱，來和我紅子較量嗎？」

「答對了。」男人打了一個響指。

「我和你無冤無仇，但只要我為澱澱辦妥了她交代的事，她就會送我『惡鬼點心模型』作為酬謝，而且是七款模型全都送給我喔。只要用那些模型來做各種零食，我就可以在自己的遊樂園禮品店裡大賣特賣了，所以我無論如何都要和你一較高下。」

「……」

「啊，你不必擔心。澱澱說了，我可以隨意使用『倒霉堂』庫存的零食，如果是小玩具的話，我那裡也有一些商品。總之，我們可以用零食來一較高下，怎麼樣？來比賽吧！」

「你想和我比賽……」紅子皺起眉頭說：「不過，我之前就對澱澱說過，我的柑仔店是測試運氣的地方，並不是用來比賽的。」

「這只是小事一樁，我有一個好主意。」

男人豎起食指。

「一個月，只要把我們的零食放在『錢天堂』一個月就好。」

「把你們的零食放在我店裡？」

「沒錯，光顧『錢天堂』的幸運客人中，有多少人會挑選我們的零食？有幾枚幸運的錢幣會交到我手上？我們就用誰獲得比較多錢幣來決定勝負。」

「嗯……如果是這種方法，就不會破壞本店測試運氣的宗旨。」

「就是這麼一回事。你認為如何？」

「好啊。」紅子緩緩點了點頭。

「那就用特賣的方式，讓你們的零食放在我店裡寄賣。幸運的客人會挑選誰家的零食，我也很感興趣。他們會掌握好運還是遠離好運？這的確很有意思。」

「嘿嘿，你有興趣真是太好了，那我明天就把零食送過來。」

紅鬍子男人不懷好意的笑了起來。

1 圓頂夢想屋

裕美討厭自己的家。

這棟公寓的房間很小，而且又破又舊，到處都有問題。水管經常漏水，窗戶關不緊，風會一直吹進來，再加上前面是一條大馬路，到了三更半夜來往車輛的聲音還是很吵。

她從出生到現在住了十年，仍然沒辦法喜歡這裡，以後應該也不會喜歡。即使同學問：「裕美，可不可以去你家玩？」她也總是

斷然拒絕說：「對不起，今天不行。」她不希望同學知道自己住在這種地方。

如果只是建築老舊還可以忍受，但最令人討厭的是——這裡禁止養寵物。

裕美喜歡動物，很希望能夠養寵物。

如果可以養貓或狗就太棒了，如果不行，那就養鸚鵡和文鳥，反正她就是想養寵物！

「這裡不能養寵物，更何況家裡這麼小，哪裡有地方可以養？」媽媽完全不同意。

只要把家裡用不到的東西丟掉，養一、兩隻寵物根本不是問題……但是媽媽絕對不會答應丟東西。

媽媽總是這也捨不得丟，那也捨不得丟，把很多東西都塞在紙箱裡，家裡的紙箱已經堆積如山了。只要清理掉這些紙箱，家裡馬上就會變得很寬敞。

「要不要把壁櫥清乾淨，偷偷養在壁櫥裡呢？」

黃金鼠體型很小，說不定媽媽不會發現。不過一直把黃金鼠藏在黑漆漆的壁櫥裡的話，似乎太可憐了。

裕美悶悶不樂的想著這些事，一個人走在路上。她要去附近的麵包店，因為媽媽叫她去買吐司。

「要不要乾脆用媽媽剛才給的五百元去買金魚？」紅白雙色的金魚簡直太可愛了！

也許是因為一路上都在想事情，她竟然走錯了路，不小心走進一條陌生的巷子。她想要往回走，沒想到卻越走越裡面。正當她感到有點害怕時，發現小巷深處有一家店。

那家看起來很舊的小店，好像在呼喚她靠近。她忘了自己要買麵包，情不自禁的走了過去。

那是一家柑仔店，店門口陳列了很多零食。即使在遠處，也知道那些零食並不尋常——「求雨糖」、「朋友巧克力」、「絕交甜甜圈」、「火氣衝天震怒罐」、「替身果」、「跳躍軟糖」、「猛獸餅乾」、「河童鳳梨」。

這些零食像是施了魔法，每一個都閃閃發亮。裕美以前從來沒看過這種零食。

「好棒，真的太棒了。」

她搖搖晃晃的走進店內，發現店裡有更多零食——「彩虹麥芽糖」、「大眼蛙糖」、「報應豆沙」、「除皺酸梅」、「死腦筋餅乾」、「睡不著仙貝」、「光溜溜枴杖糖」、「爛醉溜溜球」、「武道葡萄」、

「頑固丸子」、「如虎添翼黃豆粉棒」、「惡夢口香糖」、「自信滿滿饅頭」。

雖然有些零食感覺不太吉利，但還是很吸引人。難得有這樣的機會，她想買一種零食回家，但到底要買什麼好呢？

她東張西望打量店裡的商品時，突然倒吸了一口氣。店門前的小冰箱旁放了一個盒子，盒子的大小差不多可以裝下一個書包，水藍色的底色上畫著像棉花糖的白雲圖案，中間用彩虹色的字寫著「圓頂夢想屋」，旁邊還寫著：「附縮小薄荷口香糖」。

「就是這個！我要這個！」

不知道為什麼，她突然很想要那個「圓頂夢想屋」。她跑過去伸手抓起那個盒子，盒子拿在手上有點重，但她立刻產生了絕對不能放手的想法。

「這是我的！」裕美心想。

「看來你已經找到想要的東西了。」

突然聽到有人說話的聲音，裕美嚇得跳了起來。

店裡不知道什麼時候出現了一個女人。這個女人穿著和服，頭髮上插了五顏六色的玻璃珠髮簪，還有一頭白髮。裕美原本以為她是上了年紀的老奶奶，但卻發現她圓圓的臉看起來很年輕，而且她的身材又高又壯，簡直就像是個相撲選手。

這個阿姨剛才躲在哪裡？她長得這麼高大，自己竟然沒有看到她，簡直太不可思議了。

阿姨對目瞪口呆的裕美輕輕笑著說：

「你真的決定要買這個嗎？目前正在舉辦特賣活動，要不要為你介紹其他商品？」

「啊，不、不用了！我就要這個！」

「這樣啊，看來你已經決定了，既然這樣，那我就開開心心的賣給你。這個要五百元。」

裕美手上剛好有五百元，那是媽媽給她買麵包的錢。不過，她毫不猶豫的把五百元遞給那個阿姨，因為她無論如何都想要買下圓頂夢想屋。

「好，平成六年的五百元硬幣，的確是今天的幸運寶物。這個『圓頂夢想屋』是你的了。」

阿姨說完，目不轉睛的看著裕美的臉說：

「我要提醒你一件事。『圓頂夢想屋』只能讓你徜徉在夢想之中，但無法為你實現夢想，這一點，還請銘記在心。」

裕美搞不懂這個阿姨為什麼說這麼奇怪的話，但又覺得追問很麻煩，於是用力點了點頭說：

「我知道了，我會記住。謝謝阿姨！」

裕美緊緊抱著「圓頂夢想屋」的盒子衝出柑仔店。她得到了想要的東西，錢也花光了，沒有理由繼續留在這裡。

裕美一路跑回家，完全忘了媽媽要她買麵包的事。

回到家後，媽媽當然大發雷霆。

「你已經小學四年級了，連買東西都不會！還敢說什麼……把錢拿去買其他東西！算了，我自己去買麵包！」

媽媽氣鼓鼓的走出了家門。

「家裡終於只剩自己一個人了，這是大好機會！」裕美心想。

她忘了前一刻媽媽才把自己罵了一頓，立刻打開「圓頂夢想屋」的盒子。

盒子裡有一個透明玻璃蓋，形狀看起來像倒扣的碗。在平坦的盤子上，有個大小宛如對半切開足球的蓋子蓋在上頭。還有一小包像泥土的東西、一個小盒子，以及一小盒口香糖。除此以外，裡頭還附了一張說明書。

裕美看了說明書，上面有很多她不認得的漢字，但她可以了解

大致的內容。

「呃，所以是……把袋子裡的泥土倒在盤子上鋪平就好？然後小盒子裡有人偶，把人偶插在泥土上，再蓋上蓋子就行了。」

她決定先這樣試試看。她抓著透明盒蓋頂端的把手，輕輕鬆鬆拿起了蓋子，然後把袋子裡的泥土倒在盤子上。她覺得自己好像在準備種植物一樣。

最後，她打開小盒子，把裡頭的東西拿出來。裡面是只有她小指指尖那麼大的小人偶。人偶看起來像是女生，頭上綁了兩根辮子。

「這個人偶和我好像！」

裕美覺得很高興，把人偶放在泥土上，蓋上了蓋子。
接下來會發生什麼事呢？
她興奮的盯著透明盒，但是什麼事也沒發生。
「也是，這很正常啊，怎麼可能只把人偶放在泥土上，就會發生變化呢？」她突然感到很失望。
自己竟然為了這種東西挨媽媽的罵。
裕美嘆著氣，把袋子和空盒塞進垃圾桶。雖然沒有把口香糖丟掉，但她完全不想吃，就把口香糖丟進了書桌的抽屜。
「這個透明盒該怎麼辦？要丟的話，可以丟到塑膠垃圾的分類嗎？」

她在思考這個問題的時候看向透明盒，結果大吃一驚。

「咦？」

人偶在透明盒裡動了起來，而且很有活力的四處奔跑，彷彿擁有生命一樣，人偶的腳邊還跟著一隻小狗。

「剛才明明沒有小狗，沒錯，絕對沒有！牠到底是從哪裡冒出來的？不對，先不管這個，為什麼人偶會動呢？」

她急忙打開透明盒蓋，但人偶卻突然不動了。她用手指輕輕戳了一下，然後把人偶拿起來，發現它只是很普通的玩具而已。

於是她又把人偶放回盒子，像剛才一樣蓋上蓋子。

「這、這是怎麼回事啊？」

裕美再度大吃一驚，這次她發現透明盒裡長出了一棵小樹，而且人偶正在為小樹澆水，小狗和一隻白色的小貓則在小樹旁玩耍。

「又變了！而且動物還增加了！」

似乎只要蓋上蓋子，這些東西就會擁有生命。

裕美目不轉睛的盯著透明盒，這次她絕對不會錯過裡面的變化，也決定盡可能不眨眼。

透明盒內的風景不斷改變。

小樹越長越大，鮮紅的蘋果都垂了下來。不知道什麼時候出現了一隻藍色小鳥，牠在樹枝間築了巢。接著透明盒裡下起了雨，小女孩和動物們一起在水窪玩耍，天氣放晴後，她抬頭看著漂亮的彩虹露出笑容。

裕美一直看著，覺得自己好像也身在透明盒內。她終於明白了，這個透明盒裡是一個小世界，裡面的小女孩就是自己的分身。她代替裕美在裡頭體驗各種美妙的事，實現裕美的夢想，在她面前展現夢寐以求的想像。

「原來是這樣！所以這個東西才會叫『圓頂夢想屋』啊！」

裕美把人偶取名為「小裕」，一直看著她在透明盒裡的活動。如果不是媽媽回家後叫她「趕快來吃飯！」，她一定會一直看著夢想屋，連晚餐也忘了吃。

「裕美！你趕快下來，飯都冷了！」

聽到媽媽的催促，裕美才心不甘情不願的離開圓頂夢想屋。

「等一下要寫功課，還要洗澡，雖然很可惜，但是不能繼續盯著圓頂夢想屋看了。」

裕美不想讓媽媽知道這個圓頂夢想屋，所以就把它藏在壁櫥內。

「媽媽笨手笨腳的，搞不好會把圓頂夢想屋打破，等媽媽明天出門上班時再拿出來玩吧。」她很期待明天，不知道圓頂夢想屋會變成什麼模樣。

隔天一大早裕美就醒了，她一醒來最先想到的就是那個圓頂夢想屋，很想知道它現在怎麼樣了。

最後，她終於忍不住偷偷把圓頂夢想屋從壁櫥內拿出來。

沒想到夢想屋內竟然出現了一棟小房子。牆壁是白色的，屋頂是漂亮的水藍色，上頭還有煙囪正冒著一陣陣的煙。裕美之前一直希望能住在這樣的房子裡。

人偶小裕正在採花。

「她一定是打算拿來裝飾家裡。」裕美心想。

採完了花，小裕繞到屋子後頭。裕美急忙看向屋後，發現那裡有一頭母牛，小裕正在擠牛奶。裕美露出陶醉的眼神看著這一切。

「小裕早餐都是喝剛擠出來的牛奶啊，簡直就是人間天堂。」

裕美很快就愛上了圓頂夢想屋。每天放學回家，她就立刻衝回自己的房間，拿出圓頂夢想屋。她現在不看電視也不玩遊戲，因為觀察小裕比這些事好玩多了。

這個小小的世界總是充滿美妙的變化。動物越來越多，房子的形狀也會改變，有時候還會出現農田。

有一次，裡頭出現了一個大池塘，小裕就坐在船上釣魚。

還有一次，夢想屋裡有一棵大樹，小裕在樹上建了一個樹屋。

夢想屋內裝滿了裕美的夢想，自己竟然能夠親眼看到這一切，實在太幸福了。

但是……過了一個月，裕美漸漸變得無法滿足了。她不是對圓頂夢想屋感到厭倦，而是剛好相反——她很希望自己能夠親身體驗圓頂夢想屋的世界。

只能在外面看，無法親身感受太無趣了。

「我也想騎小馬，想被小鳥圍繞，想和貓狗一起玩！還要在吊床上睡午覺，從樹上摘下新鮮的水果吃！」

裕美瞪著圓頂夢想屋中的小裕，她很嫉妒小裕，心裡頭就好像有一把怒火在燃燒。

「只有你一個人過得這麼開心……這樣太不公平了，我每天還要寫功課呢。」

她越想越氣，準備從書桌抽屜裡拿新的鉛筆時，手指碰到了某個東西。

「咦？這是什麼？」

她拿出來一看，發現是一盒口香糖。

她想起來了，那是買圓頂夢想屋時附贈的口香糖。她早就忘了當時把口香糖收進抽屜裡這件事。

裕美打量著手上的小盒子，盒子上用薄荷色的字寫著「縮小薄荷口香糖」，背後有許多密密麻麻的小字寫著食用說明。

「我來看看……」

這是「縮小薄荷口香糖」，想要親身體驗「圓頂夢想屋」的世界時，可以把口香糖放進嘴裡，然後用手摸著夢想屋。這樣身體就會縮小，並能進入圓頂夢想屋。只要把口香糖吐出來，就可以變回原來的大小，走出圓頂夢想屋的世界。但請務必遵守規定，吃完的口香糖一定要用銀紙包起來後丟掉……

「這該不會……」裕美忍不住興奮起來。「也就是說，只要吃了這種口香糖，身體就會縮小，可以進入『圓頂夢想屋』？趕快來試試！」

盒子裡裝滿了薄片狀的口香糖，每一片都用銀色的紙包了起來。

裕美拿出一片後，把那盒口香糖放進了口袋。打開銀紙後，裡面有一片淡綠色的口香糖。

她放進嘴裡咬了一下，清新的薄荷味道在嘴裡擴散，好像有一陣涼風吹進胸口和鼻子。

「好舒服！」

裕美帶著陶醉的心情把手放在圓頂夢想屋上。

這時，她感覺到自己腳下搖晃了一下，然後渾身被花草的香氣包圍了。

她猛然睜開眼睛，眼前是一個百花盛開的美麗花園，花園後方是她一直嚮往的水藍色屋頂房子，而且有兩頭可愛的小馬跑了過來，用臉摩擦著她的身體。

沒錯，這裡就是圓頂夢想屋的世界。

「太棒了！」

身體縮小了，就可以盡情在圓頂夢想屋中玩耍。

裕美樂不可支的跑了起來，小馬和小狗都在她身後追著跑，小鳥也發出清脆的嘰嘰喳喳叫聲，在裕美身旁飛來飛去。樹上的橘子很大，把樹枝都壓彎了。當她撥開草叢時，發現那裡有鮮紅色的草莓。

「這是在做夢吧，簡直是夢境的世界。」裕美想。

「耶！這真是太棒了！」

她也走進屋裡看了一下，桌椅和床的款式很可愛，都是很適合她的尺寸，櫃子裡還放了許多看起來很好吃的食物。

裕美立刻拿了一個杯子蛋糕，上面有鮮奶油和櫻桃，令人食指大動。

她張嘴咬了一大口。

「嗯，真好吃！」

但是，當她大口吃完時，突然覺得很不舒服。肚子涼涼的，有一種奇怪的感覺。

裕美猛然想到，嘴裡的「縮小薄荷口香糖」不見了。應該是剛才吃杯子蛋糕時，不小心把口香糖一起吞進了肚子。

這下慘了！口香糖的盒子上寫著，把口香糖吐出來後，身體就會變回原狀。現在不小心吞下去了，嘴巴裡沒有口香糖，結果應該也一樣，這種涼涼的感覺一定就是身體變回去的前兆。

「不行！現在還不能變回去，我還要再多玩一會兒！」

裕美從口袋裡拿出「縮小薄荷口香糖」的盒子，急急忙忙的想把一片口香糖放進嘴裡。

這時，她發現包口香糖的銀紙背面寫了很小的字。雖然她知道現在不是看上面寫什麼的時候，但還是忍不住看了起來。

請注意！如果丟棄「縮小薄荷口香糖」時，沒有用紙包起來，或是不小心吞下去，除非受到外界很大的衝擊，否則就無法變回來，要特別小心。

「騙人！這是騙人的吧！」裕美臉色發白。

這裡真的很棒，是理想的世界。有自己的房子，也有很多動物，但她不想一直住在這裡，她想回到爸爸、媽媽身邊，她必須回去真實世界才行。

但是，她不知道該怎麼辦才好，因為她已經把口香糖吞下去了。

這時，她想起了柑仔店老闆娘對她說的話。

「『圓頂夢想屋』只能讓你徜徉在夢想之中，但無法為你實現夢想……」

當時，裕美聽不懂這句話是什麼意思，但是她現在終於了解了。「啊……為什麼沒有好好聽那個阿姨的忠告啊。」裕美心想。

「怎麼辦、怎麼辦？如果一輩子都困在這裡怎麼辦啊？」

在她感到很害怕的時候，突然聽到了一個響亮的聲音。

「哎喲，裕美這孩子，竟然把玩具就這樣丟在這裡。」

「是媽媽的聲音！」

裕美急忙衝出房子，抬頭仰望。雖然她只看到藍色的天空，但她相信媽媽就在這片藍色天空的另一端，她知道媽媽一定在看「圓頂夢想屋」。

「拜託，一定要發現我！」

裕美拚命跳著，揮動雙手大聲叫喊：「媽媽，我在這裡！我在這裡！媽媽！」

她聽到天空另一頭傳來媽媽的聲音。

「她什麼時候買了這個玩具？還是別人送她的？嗯，做得很精巧，還有一個小女孩。她竟然就這樣放在地上，太危險了。裕美、裕美！你過來一下……咦？這孩子去哪了？」

「媽媽，我在這裡！你快看我！看我！」

「真是拿她沒辦法，放在這裡根本沒辦法用吸塵器吸地……那就先放進壁櫥，等一下再讓她自己拿出來好了。」

媽媽嘀嘀咕咕的同時，地面搖晃了一下。裕美知道是媽媽把圓頂夢想屋拿了起來，如果就這樣放進壁櫥，自己就永遠無法離開這裡了，因為媽媽一定很快就會忘了圓頂夢想屋的事。

「不要、不要、不要啊……媽媽！嗚嗚嗚嗚……」

裕美放聲大哭。

「啊！」

一個小小的驚呼聲響起，接著感受到一陣極大的衝擊，裕美的雙腳離開了地面。

然後，聽到了哐噹的巨大聲音……

裕美回過神時，發現自己正站在堆放了許多紙箱的房間內。媽媽蹲在地上，打碎的玻璃和泥土散落一地。

裕美立刻知道發生了什麼事，媽媽把「圓頂夢想屋」打破了。

幸好媽媽打破了，所以裕美才能回來。一定是因為圓頂夢想屋打破時的衝擊，讓她變回了原狀。就像打嗝的時候受到驚嚇，打嗝就會停止一樣，剛才承受了衝擊，所以「縮小薄荷口香糖」的功效也消失了。

媽媽手足無措的回頭看著裕美說：

「啊，裕美，原來你在這裡。對不起，我剛才手一滑……」

「媽……」

「啊？什麼？」

「媽媽！」

裕美哭得淚流滿面，緊緊抱著媽媽。

幸好媽媽做事笨手笨腳，幸好自己變回來了。雖然圓頂夢想屋打破了，但她完全不覺得可惜，因為它終究只是夢，現實當然比夢的世界好多了。

裕美暗自下定決心，以後一定要買一個有大院子的漂亮房子。院子裡要種很多花草樹木，養很多動物，然後和爸爸、媽媽住在一起。

一定要實現這個目標！

裕美一邊放聲大哭，一邊想著這件事。

倉里裕美，十歲的女生。用平成六年的五百元硬幣購買了「圓頂夢想屋」。

「圓頂夢想屋」是錢天堂的商品，所以錢天堂的紅子一勝。

2 笑到最後麩果

總一郎覺得，這個世界上有些人真的非常討厭。

同時他也覺得，人不管活到幾歲都不會服輸。

總一郎今年六十五歲，他已經退休了，不用每天去上班，所以日子過得很悠閒，只不過這樣的生活也很無聊。

於是，總一郎每天會去住家附近的將棋道場找人下將棋。他從以前就很喜歡將棋，和不同的人比賽下棋也樂趣無窮。他可以感受

到自己的棋藝逐漸進步，不僅交到朋友，還拓展了人際圈。

不過除了結交朋友以外，他也遇到了競爭對手。

那個姓小坂的男人和總一郎同年，聽說以前在銀行工作，也就是所謂的菁英。這個男人非常討厭，整天炫耀自己多厲害，不停的批評別人。

「別看我這樣，我只差一步就可以成為職業棋士，怎麼可能會輸給你們這些業餘棋手？」

「即使輸給我也不必懊惱，因為彼此的實力本來就很懸殊，或者應該說，是與生俱來的才能根本不能相提並論。」

「你這種棋藝竟敢來挑戰我，這就是所謂的不自量力嗎？」

「啊，你怎麼這樣下棋？你根本不懂將棋是什麼，真是可悲啊。」

他整天都這樣冷言冷語。

更令人懊惱的是，小坂的將棋真的很厲害，在目前這個道場應該沒有人比他更厲害，所以他總是目中無人、唯我獨尊的樣子，總一郎發自內心討厭他。

「好想贏他，哪怕只有一次也好，真想看看他落敗時的表情。」

總一郎堅持不懈的挑戰，但每次都輸了。

「田村先生，你還真是輸不怕啊。我每次都贏，贏得我都有點不好意思了，哈哈哈哈。」

小坂每次都這樣嘲笑總一郎。總一郎恨得牙癢癢的，每次想到他得意的表情，就連晚上也睡不著覺。

「小坂這個王八蛋！」

總一郎咬牙切齒的罵道。

「我想贏他，無論如何都想贏他。」

總一郎走在前往將棋道場的路上，滿腦子都想著這件事。這時，他好像突然聽到有人叫他。

他四下張望，發現旁邊有一條小巷。雖然小巷內有點昏暗，但巷子很深，不知道通往哪裡。

他突然很想走進小巷。

「那條路可能是通往道場的捷徑。沒錯！一定就是這樣。」

總一郎從平時走的道路轉進了小巷。巷道越走越深，完全沒有通往主要街道或是寬敞大路的跡象。

「原來不是通往道場的路，我是不是迷路了？」

正當他這麼想的時候，發現前方有一家柑仔店。

把店開在這種鳥不生蛋的地方，真是異想天開，這家店應該都沒有生意吧。

總一郎雖然納悶，但還是走向那家柑仔店。

店門前各式各樣的零食琳瑯滿目，這些零食在昏暗的小巷中綻放著光芒。「錢天堂」的招牌看起來有點歷史，但也格外有味道。

總一郎雖然已經上了年紀，但仍然忍不住興奮起來。

他想起小時候，經常拿著零錢去柑仔店買零食或是抽籤。

相隔多年，當時的興奮感又湧上了心頭。機會難得，一定要進去買點東西。

總一郎快步走進柑仔店，甚至忘了將棋道場和小坂的事。

一走進店裡，他發現小小的店內放滿了以前從來沒有見過的零食。入口附近有一個透明的小冰箱，裡面放著罐裝飲料。

「買什麼好呢？」總一郎彎腰查看——有「輕輕鬆鬆落雁糕」、「旅途愉快　旅行小點心（濃湯口味）」、「餓鬼肉桂糖」、「置之不理蛋糕」、「身輕如燕果」、「嫉妒果」、「幹勁火種糖」、「知天下餅乾球」。

每一種零食都很吸引人，雖然「花花公子糖」讓他很動心，但「大肌肌歐蕾」也難以割捨。

「嗯，乾脆全都買回家好了。」

想是這樣想，但他卻遲遲無法下手。他覺得那些零食好像在對他說話，希望他能好好挑選。

總一郎仔細打量店裡的商品，終於找到了「非這個不可！」的零食。

那是裝在透明塑膠袋內的黑色棒狀點心，無論長短還是粗細都和棍棒差不多，塑膠袋上用鮮紅色的字寫著「笑到最後麩果」。

「原來是麩果啊。」

總一郎記得自己小時候常吃這類麩果零食，麩果外頭裹著黑糖，他很喜歡這種簡簡單單的味道。不過眼前這種「笑到最後麩果」

似乎並不平凡，他很想把這個零食占為己有，內心吶喊著我想要這個。

正當他打算伸手拿的時候，看到了另一種很吸引人的零食。那種暗橘色的零食差不多有五百元硬幣這麼大，外表皺巴巴的，看起來像是水果乾。一個大瓶子裡裝了很多這種零食，瓶子上的貼紙寫著「不敗杏桃乾」。

總一郎也很想要這種「不敗杏桃乾」，覺得它的吸引力完全不輸給「笑到最後麩果」。到底該選哪一種呢？雖然他兩種都想要，但隱約覺得只能挑選一樣。

正當他猶豫不決時，聽到有人向他搭話。

「你似乎找到了想要的商品。」

他回頭一看，一個女人正從店裡頭走過來。那個女人身材又高又大，簡直就像相撲選手。雖然臉蛋看起來很年輕，但頭髮全都白了，上面插著五顏六色的髮簪。她穿了一件古錢幣圖案的紫紅色和服，有一種令人生畏的氣勢。

女人對驚慌失措的總一郎笑了笑說：

「歡迎來到『錢天堂』，你是今天的幸運客人，你要買『笑到最後麩果』嗎？」

「啊，不，那個……我還在猶豫。」

「猶豫？」

「嗯，因為我覺得『不敗杏桃乾』看起來也不錯。」

女人露出了笑容。

「那你可以好好想一想，請選擇你喜歡的商品。」

「嗯，好……請問你比較推薦哪一種？可不可以給我一點建議？」

「這個嘛……必須由你自己決定。」

「是嗎？也對……好、好吧，那我決定了，我要買『笑到最後麩

求雨糖

果』。」

「你真的決定要買這個嗎？」

「嗯，對，因為我一開始就想買這個。」

總一郎說完，女人滿臉笑容的向他鞠躬說：

「謝謝，結帳金額是五十元。」

總一郎摸著口袋，因為他向來都把零錢直接放進去，雖然口袋變得很重，而且整天都會發出聲音，但想要拿零錢時就很方便。

這次他也馬上就拿出了一枚五十元硬幣，沒想到老闆娘搖了搖頭說：

「不是這個，請你用其他五十元硬幣支付。」

「其他的？」

「對，要平成二十七年的五十元硬幣。你一定有。」

總一郎覺得莫名其妙，把口袋裡的零錢全都拿了出來。他找了一下，果然找到了平成二十七年的五十元硬幣。他把硬幣遞給老闆娘，老闆娘這次收了下來。

「好，這就是今天的寶物。這個給你，這是你的『笑到最後麩果』。」

「謝謝。」

總一郎很開心，老闆娘調皮的笑了笑說：

「比賽要到最後才知道結果，正因為這樣，才有無窮的樂趣，請你謹記這一點。」

「啊？」

「祝你今天順心愉快，希望你對本店的商品感到滿意。」

總一郎覺得有點莫名其妙，但總算買到了「笑到最後麩果」，他滿臉笑容的走出了柑仔店。

他才往前走幾步，就回到了大馬路上。將棋道場就在眼前，小坂在道場內，那個討厭的競爭對手，今天應該也是滿臉得意的笑容。

真想摧毀他臉上的笑容！

總一郎怒火攻心，突然覺得手上的「笑到最後麩果」變重了。他仔細打量手上的「笑到最後麩果」，越看越覺得很吸引人。

「咦？背面的小字好像寫著什麼。」

比賽的關鍵在於最後關頭，只要最後能夠反敗為勝，之前的落敗就可以一筆勾銷。「笑到最後麩果」可以讓你在關鍵的比賽中發揮作用，贏得勝利。

「喔，原來可以在關鍵的比賽中發揮作用。」

總一郎笑了起來。雖然他並不相信真的那麼神奇，但覺得很吉利。他決定在走進道場前，把「笑到最後麩果」吃掉。

他躲在電線桿後面打開「笑到最後麩果」的包裝，拿起原本裝在裡面的麩果咬了一大口。

卡沙、卡沙。

他感受著香脆的口感，黑糖適度的甜味在嘴裡擴散。啊，這種帶著香氣的甜味讓人欲罷不能，而且好像雪花在嘴裡融化的感覺，妙不可言。

雖然那個麩果很大，但總一郎兩、三口就吃完了。他好久沒有這麼大口吃零食了，所以忍不住有點難為情。

「嗯，早知道這麼好吃，應該多買一個才對……嗯？咦？」

總一郎驚訝的發現，自己全身湧起了力量，同時內心充滿了熱情。

「我要去比賽，我要和別人比賽將棋。」

總一郎上氣不接下氣的衝進道場，這時小坂已經在道場內，一看到總一郎，立刻露出輕蔑的表情，似乎在說：「你怎麼又來了？」

平時總一郎都會在心裡暗罵他「這個王八蛋！」但今天不一樣，不知道為什麼，他覺得自己今天不會輸，而且覺得小坂的笑容看起來很卑鄙又小心眼。

總一郎對小坂笑了笑說：

「小坂先生，請你和我下一局將棋吧。」

「你還真是輸不怕，好，那就和你下一局。」

總一郎不理會小坂的冷嘲熱諷，在他對面坐了下來。

比賽開始了。

總一郎一開始就傾全力下棋，簡直就像獅子準備撲向獵物一樣。但小坂也不是省油的燈，一點一點削弱了總一郎的戰力。總一郎覺得自己快輸了，而且小坂的臉上露出令人討厭的得意笑容。

「可惡！還是沒辦法贏他嗎？」總一郎心想。

正當他閃過這個念頭時，小坂走錯了一步。他犯了很大的錯，竟然把飛車放在會被總一郎角行吃掉的位置。

小坂立刻臉色發白。那是理所當然的反應，因為一般人絕對不會走這一步棋。

「為、為什麼會這樣……」

「好耶！」

總一郎立刻把小坂的飛車吃掉了。

形勢逆轉，總一郎接連吃掉了小坂的棋子。小坂慌了手腳，努

力想要扳回劣勢，但反而犯下更多失誤。總一郎當然不會放過機會，一步一步把他逼入絕境。

總一郎乘勝追擊，氣數將盡的小坂忍不住發抖。

最後……

「我、我輸了。」

小坂用像是蚊子叫的聲音吐出這句話。

總一郎贏了。

「太好了！」

總一郎忍不住做出勝利的姿勢，周圍立刻響起了掌聲。

道場內的人，不知道什麼時候圍到他們身旁，所有人都屏住呼吸看他們對奕。

「總一郎先生，這局下得太漂亮了！」

「你一開始處於劣勢，沒想到竟然可以反敗為勝！」

「我早就知道只有你能打敗小坂先生。」

聽到大家七嘴八舌的稱讚，總一郎心情好得不得了，而且小坂被打敗時，露出了難以置信、一臉鐵青的表情，總一郎覺得能夠看到他這種表情真是人生一大樂事。

小坂趁大家不注意，夾著尾巴逃走了。總一郎看著他的背影，

露出了冷笑。

那天之後，小坂再也沒有來過將棋道場。可能是因為他之前整天嘲笑總一郎，結果卻敗在總一郎手上，讓他覺得很沒面子。終於趕走了討厭的傢伙，總一郎也覺得心情格外舒暢。

而且在小坂離開後，總一郎成了全道場內最厲害的人，大家紛紛向他挑戰，對他說：「和我下一局！」但總一郎每局必贏，即使遇到比自己厲害的對手，也一定能打敗對方。

總一郎確信這絕對不是巧合或是幸運，而是「笑到最後麩果」的威力——因為自己吃了「笑到最後麩果」，所以才能夠百戰百勝，他深深慶幸自己買對了零食。

沒想到百戰百勝的感覺這麼美妙，每次看到自己打敗的對手低頭說：「我輸了。」就越來越覺得自己很了不起。

總一郎越來越得意。

「我太厲害了，絕對不會輸。」

總一郎每天都帶著竊笑去道場。

過了一陣子，有個看起來像是小學生的男孩要和他比賽。

「叔叔，請你和我下一局。」

「喔，好啊。」

男孩看起來很聰明，年紀大約小學四年級左右。這種小孩子，三兩下就可以贏他。不不不，如果全力以赴的話，他未免太可憐了，還是手下留情不要讓他輸得太難看。

總一郎決定在比賽時放他一馬。

沒想到比賽的結果出人意料，總一郎竟然輸了，而且是慘敗。

總一郎難以置信，腦中一片空白。

原本以為穩贏不輸的比賽竟然輸了，難道是「笑到最後麩果」失效了？不對，沒吃「笑到最後麩果」的時候，自己也不會輸給這種小孩。為什麼會這樣？為什麼？

他感到無地自容，渾身都不舒服，這比之前連續輸給小坂時更丟臉。

他沒臉繼續留在道場，立刻起身逃走。沒想到一走出道場，就有人叫住了他。

「嘿嘿，老闆，剛剛那局棋真是一場災難啊。」

總一郎回過頭，看到一個陌生男人站在身後，他的衣著打扮很奇怪，總一郎猜想他可能是個諧星。

這個瘦瘦高高的男人披著斗篷，戴了一頂高高的絲質禮帽，頭髮和鬍子都染成紅色。雖然他臉上掛著笑容，但一看就很惹人厭。

「不，這不重要，重要的是這個男人竟然看到自己輸了？」總一郎漲紅了臉。

男人輕聲細語的對他說：

「老闆，剛才那場比賽不是你的問題，而是因為你吃的零食不夠好。」

「你、你……」

「對，我知道你吃了『笑到最後麩果』。你真不該吃那種零食，因為它沒辦法讓你每次都贏。」

「啊？」

「唉，你果然誤會了。聽好了，『笑到最後麩果』的功效，是當你全力以赴時，才能勉強戰勝對方。當你鬆懈、掉以輕心時，就無法發揮實力。」

「原、原來是這樣。」

總一郎擦了擦汗。

「難怪我會輸。我和那小孩下棋時漫不經心，但讓我輸得那麼慘也太過分了。」他開始痛恨「笑到最後麩果」。

男人咧嘴一笑說：

「像你這樣的情況，我推薦你吃『不敗杏桃乾』。這零食的功效

正如其名，只要吃了那種零食，你就永遠都不會輸。」

「啊！」

總一郎想起來了。上次去那家柑仔店時，「不敗杏桃乾」和「笑到最後麩果」都是他想買的零食。「搞什麼啊！果然是那款零食更有效！」總一郎懊惱不已。

男人小聲對他說：

「你再去那家柑仔店吧！你今天運氣很好，一定可以找到那家店。」

男人的雙眼閃爍出奇異的光芒。雖然總一郎產生了危機感，但

他實在太想要「不敗杏桃乾」了，所以點了點頭問：

「那家柑仔店……在哪裡？」

「你走進那條小巷看看，只要直直走，應該就可以看到。」

總一郎向男人道完謝，便衝進小巷。

走了一會兒，果然看到了掛著「錢天堂」招牌的柑仔店。

「好！」

總一郎走進柑仔店，看到那個高大的老闆娘在店裡，而且正驚訝的看著他。

「哎呀，這、這……還真是稀奇啊，幸運的客人竟然連續兩次來到這裡。」

但是總一郎並沒有聽到老闆娘的自言自語。

「『不敗杏桃乾』在哪裡？賣完了嗎？拜託，千萬不要賣完！」

上天聽到了他的祈禱，「不敗杏桃乾」的大瓶子仍然放在和上次相同的位置。

「太好了！」

總一郎指著「不敗杏桃乾」大聲說：

「這個！我要這個！」

「哎喲……所以你對『笑到最後麩果』不滿意嗎？」

「正因為不滿意才會又來這裡啊！你別問那麼多，趕快賣給我！」

「好、好……」

老闆娘露出無奈的表情，打開大瓶子的蓋子，用夾子夾了一顆「不敗杏桃乾」。

「我想要買更多，請給我十個。」

「不行，只能賣一個，這是規定，而且一個就夠了。」

「真小氣。多少錢？」

「一元，但請你用昭和五十九年的一元硬幣支付。」

老闆娘又說這種莫名其妙的話了。總一郎覺得不耐煩，但還是拿出錢包找了一下，發現自己真的有昭和五十九年的一元硬幣。

總一郎把錢交給老闆娘後，接過了「不敗杏桃乾」，不顧老闆娘還有話要對他說，便頭也不回的衝了出去。

總一郎走在小巷內，把「不敗杏桃乾」放進嘴裡。杏桃乾很甜，裡面沒有籽，但吞下去時有股淡淡的苦味，還有一種不舒服的感覺，好像吃了不該吃的東西。總一郎忍不住皺起眉頭。

沒關係，這種事根本不重要，反正從此以後不會再輸了。「不敗杏桃乾」會不會已經開始發揮功效了呢？

總一郎急忙跑回道場，想要試一試。

幾個月後，總一郎茫然的坐在公園長椅上。

他最近都沒有去將棋道場，並不是「不敗杏桃乾」沒有效果，而是剛好相反。

吃了「不敗杏桃乾」之後，無論他怎麼下棋，永遠都不會輸。即使隨便亂下，想要故意輸棋，最後還是會打敗對方。

「這真是太棒了！」

總一郎起初還這麼想，然而這種興奮感很快就消失了，他漸漸感到很無趣。他無法像以前那樣熱衷和別人比賽，這也是理所當然的事——因為他知道自己會贏，在下棋時既不會感到興奮，也不會感到緊張。

因為太無聊了，總一郎放棄了將棋，決定去圍棋教室。沒想到在圍棋教室也遇到相同的情況，總一郎完全是初學者，卻可以輕鬆打敗老師和前輩。

撲克牌、西洋棋、飛鏢和撞球，他試了各種項目，結果全都一樣，無論玩什麼他都可以輕輕鬆鬆贏過別人。

「真空虛……」

總一郎發自內心這麼覺得。

雖然他整天閒得發慌，卻懶得做任何事。「唉，太無聊了，早知道就不要吃『不敗杏桃乾』。」

總一郎坐在長椅上後悔莫及，因為除了後悔，他無事可做。

田村總一郎，六十五歲的男人。用平成二十七年的五十元硬幣買了錢天堂的「笑到最後麩果」卻不滿足，又買了天獄園的「不敗杏桃乾」。

紅子和怪童平手。

3 獵人奶油三明治

一隻很大的綠色蝗蟲從草叢中蹦了出來。

陽太大吃一驚，緊緊握住手上的捕蟲網。

那是精靈蝗蟲，長度約十公分左右，一定是母蝗蟲。難得可以抓到這麼大的蝗蟲，他忍不住興奮起來。

最近，常磐小學的男生都很流行採集昆蟲，大家每天都會展示自己抓到的昆蟲，或是帶著圖鑑到學校給大家看。

一年級的陽太，當然也不落人後的迷上了採集昆蟲。每天放學回到家，他就立刻拿著捕蟲網和昆蟲盒去附近的森林公園。

這個公園有很多樹木，是各種昆蟲的寶庫。春天到夏天這段期間，原野上有很多蝴蝶，茂密的樹林裡有豔金龜和天牛，設置陷阱的話，還可以抓到鍬形蟲和獨角仙。池塘附近有白尾灰蜻、豆娘，有時候還可以看到綠胸晏蜓和無霸勾蜓，陽太每天都在森林公園裡找昆蟲，覺得自己好像變成了獵人。

今天他發現了精靈蝗蟲，如果可以抓到牠，同學一定會很驚訝。昨天好不容易發現一隻翠鳳蝶，結果被牠逃走了，今天絕對不能失手。

陽太瞪大眼睛，悄悄上前一步。捕蟲網離精靈蝗蟲還有一段距離，得再往前三步。

精靈蝗蟲不知道是不是察覺了陽太的動靜，一下子飛了起來，飛到三公尺外，陽太著急起來。

「別、別跑！」

陽太拚命追上去，蝗蟲卻越飛越遠。

然後……樹木後方突然出現一個捕蟲網，啪的一聲罩住了正在飛的蝗蟲。

陽太看得目瞪口呆，三個男生慢吞吞的走了出來。他們是陽太的同班同學小隆、小湊和芳樹，三個人沒有看陽太，而是低頭看著捕蟲網。

「抓到了，太棒了！」

「小隆，你果然很厲害呢！」

「這隻蝗蟲好大！」

「對啊，太棒了！」

陽太看到他們三個人興奮的樣子，忍不住火冒三丈。

常磐小學所有愛昆蟲的男生都會來這座森林公園，所以有時候難免也會鎖定同一隻昆蟲，但這次未免太過分了。

雖然這三個人個子高大，平時也都很霸道，但自己好不容易發現的獵物被搶走，陽太實在忍無可忍，於是鼓起勇氣大聲說：

「那、那是我的蝗蟲！」

小隆一臉輕蔑的轉頭看著他說：

「你說什麼？明明是我抓到的。」

「但我剛才一直在追牠！你、你們太過分了！」

「哪裡過分？你根本不會抓昆蟲，你絕對抓不到這隻蝗蟲。」

「對啊，小隆才有辦法抓到，你這種膽小鬼，只要抓蟋蟀就好了。蝗蟲是小隆的，陽太是小偷！」

「小偷、小偷！」

他們三個人一起嘲笑他，陽太只能急忙逃走。

今天不玩了。就算發現了昆蟲，搞不好最後又會被他們搶走，乾脆早點回家。

陽太垂頭喪氣的走回家，一路上仍然無法忘記精靈蝗蟲的事。他越想越懊惱，無論怎麼想，都覺得是他們三個人不對。

「唉，真希望能變得更會抓昆蟲。我要抓到很多厲害的昆蟲，讓這些討厭的傢伙低頭認輸。唉，真是太不甘心了！」

也許是一直在想這件事的關係，當他回過神時，發現自己好像在不知不覺中，走進了一條陌生的昏暗巷子。

正當他感覺不妙時，看到巷子前方有一家店。那是一家柑仔店，看起來閃閃發亮，簡直就像在呼喚陽太。

陽太忘記了前一刻的煩惱，也忘記了自己迷路的事，急忙跑向柑仔店。

「好棒喔！」

柑仔店的零食都很吸引人，他忍不住歡呼起來。那些商品都是他從來沒看過的東西，這個很棒，那個也不錯，他想把所有的零食都買回家。

陽太雙眼發亮的打量這些商品。這時，一個高大的阿姨發出「嘿喲！」的聲音，從店裡走了出來。阿姨穿著紫紅色的和服，頂著一頭白髮，但臉上的皮膚卻很光滑。

那個阿姨的手上原本抱著紙箱，但看到陽太後，立刻就把紙箱放了下來，笑著對他說話。

「幸運的客人，歡迎來到錢天堂。」

「錢天堂？」

「對，這是本店的名字。你是今天的幸運客人，請問你有什麼心願？無論你想要什麼，紅子我都會拿給你。」

那個阿姨的聲音聽起來嬌滴滴的，有一種奇妙的感覺，好像真的能夠滿足別人的心願。

所以陽太對她說：

「那……我想變成很會抓昆蟲的人。」

「抓昆蟲高手嗎？」

「對！現在很流行抓昆蟲，但我都比不上別人……我想抓無霸勾蜓，還有其他很厲害的昆蟲！」

「沒問題！」阿姨點了點頭，「那我可以推薦兩樣商品，我馬上拿給你看，你可以挑選自己喜歡的。」

阿姨說完，在店裡稍微走動了一下，把兩件商品放在陽太面前。

其中一個是用豆沙做的和菓子，外型是一條魚張大嘴巴的樣子，頭上有觸角，似乎是名叫鮟鱇的魚，但牠的臉長得很可怕，簡直就像鬼一樣。

另一個商品是一袋小點心，牛皮紙做成的紙袋上有許多動物、魚和昆蟲的圖案，還用一條鮮豔的綠色緞帶綁了蝴蝶結。

「這條魚名叫『貪婪紅豆泥』，就像鮟鱇魚一樣，只要是想要的東西都可以得手。這一袋是『獵人奶油三明治』，吃了裡面的餅乾，就可以成為一流的獵人。來，請你挑選想要哪一樣。」

「……」

陽太覺得無法呼吸。「貪婪紅豆泥」和「獵人奶油三明治」雖然完全不一樣，但都具有把他魂魄勾走的力量，他很想要兩個都買。

「怎麼辦？」他無法選擇，「我可以兩樣都買嗎？」

「不可以，只能買一樣。」

那個阿姨語氣堅定的回答，讓陽太更加煩惱了，他輪番看著「貪婪紅豆泥」和「獵人奶油三明治」。

「貪婪紅豆泥」看起來很有趣，雖然長相很可怕，但魚的外形很

3
罐
墨丸

不錯。不過「獵人奶油三明治」聽起來更厲害，最重要的是，可以成為一流獵人這一點太誘人了。比起想要什麼都可以得手，獵人是靠自己爭取想要的東西，別人應該會覺得更厲害！

「好，決定了，我決定好了。」

陽太用力吸了一口氣。

「我、我要買『獵人奶油三明治』！」

「好，價格是一百元。」

太好了！陽太的雙眼亮了起來。他買得起一百元的東西，因為媽媽在他出門前說：「如果口渴了，可以買果汁喝。」給了他一百五

十元。

他立刻把錢拿出來，交給那個阿姨。阿姨露出燦爛的笑容說：

「好，平成二十一年的一百元硬幣，的確是今天的寶物，那『獵人奶油三明治』就交給你了。獵人的能力對你一定有幫助，至少比『貪婪紅豆泥』好多了。」

阿姨在說話的同時，把「獵人奶油三明治」的袋子交給陽太，陽太緊緊抱著紙袋，開心的走出柑仔店。

回家之後，他立刻打開了紙袋，裡面是一塊很大的餅乾，表面有兩個紅色的圓圈，看起來就像靶心。兩塊餅乾疊在一起，中間夾了看起來很好吃的黃色奶油。

紙袋裡除了餅乾，還有一張像是宣傳單的紙。陽太立刻把那張紙丟進垃圾桶，因為那張紙上有很多他還不認得的字，他覺得看起來太累了，而且他想要趕快吃手上的餅乾。

他張大嘴巴，咬了一口「獵人奶油三明治」。

「真好吃！」

他才吃了一口，就覺得好吃得頭皮發麻。濃醇香甜的奶油和鬆脆的餅乾讓人欲罷不能，他第一次吃到這麼好吃的零食。

陽太簡直就像怪獸一樣，把餅乾大口吃完了。

正當他意猶未盡的舔著手指頭時，突然感覺周圍好像變安靜了，可以清楚聽到一個聲音。那是踩在走廊地板上的腳步聲，他還感受到了動靜，有人正朝著他的房間走來。

「是媽媽！她一定是來叫我去吃點心的。如果媽媽知道我剛才吃了『獵人奶油三明治』，一定不會再給我點心吃了。」

陽太急急忙忙把「獵人奶油三明治」的紙袋藏起來，銷毀所有的證據。

這時，房門打開，媽媽走了進來。

「陽太，要不要吃點心？」

「嗯，好啊。」

「那你趕快來廚房。」

「好，我馬上過去。」

「你洗過手了嗎？來廚房之前要先去洗手，媽媽說過好幾次了，不要用摸過蟲子的手吃點心。」

「我知道，我會去洗手啦。」

「唉，男生真的很粗心大意。」

媽媽嘀咕著走出房間，陽太終於鬆了一口氣。

「太好了，總算蒙混過去了，媽媽沒有不讓我吃點心。不過，我怎麼會知道媽媽要來房間？」

想到這裡，陽太突然恍然大悟。

「這該不會……是『獵人奶油三明治』的威力？」

沒錯，一定就是這樣。

他試著豎起耳朵，想要聽聽看周圍是不是有什麼東西，結果立刻察覺到書架後方有動靜。

他走過去一看，果然沒錯。有一隻小土鱉蟲在那裡，一定是上次抓到又不小心讓牠逃走的那一隻。

幸好在媽媽發現之前找到了。媽媽最討厭土鱉蟲，之前曾經再三叮嚀：「蝴蝶和獨角仙也就罷了，絕對不可以把土鱉蟲和蚯蚓帶回家！」

陽太把土鱉蟲丟到窗外，小聲嘀咕：「真的太厲害了。」這種敏銳的感覺簡直就像雷達，可以及時察覺獵物和危險。這的確是獵人必不可少的能力，沒想到自己竟然有這個能力。

「太厲害了！我太帥了！」他興奮的跳了起來。

陽太急急忙忙吃完點心，又回到了森林公園。這次抓起昆蟲簡直易如反掌，只要稍微專心一點，就可以發現那裡的樹叢、這裡的草叢到處都有獵物的動靜。

而且不是同時感知所有的動靜。比方說，他想要抓螳螂時，就只會感受到螳螂的動靜，甚至還能知道獵物逃走的方向，所以抓昆蟲變成一件簡單的事。

陽太轉眼間就抓到許多從來沒抓過的鳳蝶、鍬形蟲和獨角仙。

陽太笑得合不攏嘴。

「我明天要帶去給同學看，他們一定會很驚訝。比起這些厲害的昆蟲，剛才被小隆他們搶走的精靈蝗蟲根本不值得一提。」

想著這些事的時候，他看到小隆和另外兩個人迎面走來，陽太立刻對他們展開觀察。

什麼嘛，他們並沒有抓到什麼厲害的昆蟲，剛才那隻精靈蝗蟲是他們最大的收穫，除此之外，就只有兩隻豔金龜。「好，讓他們見識一下我的獵物。」

陽太抬頭挺胸的走向他們，小隆和其他兩個人發現了陽太，露出輕蔑的表情。陽太不發一語的把昆蟲盒遞到他們面前，三個人看了都一臉驚訝。

「真是不敢相信。」芳樹小聲嘀咕。

「這、這全都是你抓的？」

「對啊。」

「好厲害，這隻鍬形蟲也太大了！」

「你在哪裡找到這個獨角仙的？可不可以告訴我們？」

芳樹和小湊好奇的問，他們看著陽太的雙眼也都閃閃發亮。

陽太笑了笑說：

「要不要一起去抓昆蟲？我知道別人不知道的好地方。」

「真的嗎？好啊好啊。」

「小隆，你也會和我們一起去吧？」

沒想到小隆板著臉，把頭轉到一旁。

「我為什麼要和你一起去抓昆蟲？我才知道別人不知道的好地

方。小湊、芳樹，我們走吧。」

沒想到另外兩個人站在原地一動也不動。

「但是今天根本什麼也沒抓到。」

「對啊。陽太，你知道的祕密地點在哪裡？趕快帶我們去，我想抓獨角仙。」

小隆漲紅了臉。

「隨便你們！」

小隆跑走了，小湊和芳樹聳了聳肩說：

「小隆真幼稚。」

「沒關係，他抓他的。陽太，趕快帶我們去祕密地點。」

「好啊。」

之後，陽太發揮了「獵人奶油三明治」的實力，在小湊和芳樹面前接連抓到了許多不容易抓到的昆蟲，然後又和其他同學會合。到了傍晚，陽太已經變成了同學眼中的英雄。

陽太很得意，聽到大家稱讚：「你好厲害！」心情簡直飛上了天。他很慶幸自己吃了「獵人奶油三明治」。

「差不多該回家了。」

「對啊，陽太，明天也可以和你一起抓昆蟲嗎？」

「啊，我也要、我也要！」

「我也想和你一起抓！」

「你可不可以教我們，要怎樣抓無霸勾蜓？」

聽了大家的要求，陽太笑了笑說：

「喔，好啊。」

「太棒了！那我們今天就先回家吧。」

正當大家紛紛準備回家時，突然有一個人問：

「咦？怎麼沒看到小隆？芳樹，你們不是和小隆在一起嗎？」

「我才不知道他跑去哪裡了。」

「對啊，他不想和陽太一起抓昆蟲，一個人生氣，不知道跑去哪裡了，我猜他一定已經回家了。」

陽太覺得小隆不可能就這樣回家，他向來很不服輸，一定還在森林公園內四處尋找，想要抓到更大的昆蟲。

陽太今天抓到的昆蟲中，最大的就是那隻獨角仙。那隻獨角仙是雄蟲，長度超過五公分，有很漂亮的犄角。如果小隆抓到更大的獨角仙怎麼辦？陽太不希望在最後的緊要關頭輸給小隆。

陽太急忙提升專注力，聚精會神的尋找小隆的動靜。如果他還在公園，陽太打算催促他趕快回家：「這麼晚了，不可以繼續留在公園，不然我要去告訴老師和你媽媽。」

陽太立刻發現小隆在哪裡了。他就在離這裡不遠的雜木林中，但感覺有點奇怪。小隆好像在發抖，就連陽太都可以感受到可怕的寒意。

陽太立刻察覺到小隆可能遇到了狀況。既然知道了這件事，當然不可能假裝不知道。

陽太立刻跑了起來，其他同學都驚訝的問：

「陽太，你要去哪裡？」

「出口不在那裡啊！」

「等一下！」

陽太沒有停下腳步，其他人也都追了上來。

所有人都來到了雜木林。

小隆果然在雜木林內，他臉色發白，緊緊貼在一棵樹上。陽太和其他人都被眼前的情景嚇到了，因為小隆的周圍有許多蜜蜂飛來飛去，發出嗡嗡嗡的可怕聲音。

那不是普通的蜜蜂，而是最凶猛的虎頭蜂。要是被虎頭蜂叮到，就會有生命危險，而且眼前竟然有將近十隻的虎頭蜂。小隆貼在樹上一動也不動，所以虎頭蜂沒有攻擊他，只要稍微激怒牠們，牠們就會立刻展開攻擊。小隆知道這一點，才會不敢動彈。

「好、好危險。」

「要趕快去叫大人來。」

在其他人小聲討論的時候，陽太下定了決心。如果要等大人來營救，可能就來不及了。

「我去救小隆。」

「啊？你、你別傻了！不要去！」

「陽太，你救不了他啦。」

陽太不顧同學的勸阻，拿著捕蟲網走上前。

陽太當然也知道虎頭蜂很可怕，光是聽到嗡嗡嗡的叫聲就頭昏了，很想馬上逃走。但如果現在對小隆見死不救，事後一定會痛恨自己。

「『獵人奶油三明治』，拜託了！一定要借給我力量，讓我把小隆救出來！」陽太在心中祈禱著。

這時，他突然聽到右耳後方傳來虎頭蜂的聲音。

「來了！」

陽太的身體在他閃過這個念頭的同時動了起來，他甩著捕蟲網，抓到一隻飛過來的虎頭蜂；接著他迅速改變方向，又俐落的抓到兩隻。陽太以驚人的速度甩動捕蟲網，簡直就像電影中的武士，然後一下子就抓完了將近十隻虎頭蜂。

虎頭蜂在捕蟲網內掙扎，他輕輕把捕蟲網放在地上，然後跑向小隆。虎頭蜂的下巴很有力，應該很快就會咬破捕蟲網飛出來，所以必須在牠們飛出來之前趕快逃走。

「快跑！」

「嗯，好！」

陽太牽起小隆的手逃出雜木林，然後對等在雜木林外的同學大喊：「趕快離開這裡！」

所有人一起逃跑，朝公園外頭狂奔。覺得終於安全之後，陽太才停下腳步，其他人也跟著停了下來。

「哇，剛才太可怕了。」

「我還以為自己會沒命呢！」

「真是嚇死我了。」

陽太氣喘如牛，甚至連話都說不出來。他的胸口發悶，兩腳發抖，覺得自己快昏過去了。

他拚命調整呼吸，聽到小隆小聲對他說：

「我跟你說……我爸爸要送我一個很高級的捕蟲網。」

「這、這樣啊。」

「嗯，是昆蟲學家會用的那種，我要送你。」

「啊？」

小隆對瞪大眼睛的陽太笑著說：

「謝謝你……你真的太厲害了。」

陽太覺得臉頰發燙。今天有很多人都說他「很厲害」，但聽到小隆這麼說，他感到特別高興。他不再覺得小隆是個會欺負人的同學，所以就對他說：

「我問你喔……明天要不要一起抓昆蟲？」

小隆頓時露出興奮的表情說：

「嗯，好啊！」

陽太和小隆用力握起彼此的手。

長濱陽太，七歲的男生。用平成二十一年的一百元硬幣買了錢天堂的「獵人奶油三明治」。

紅子一勝。

4 錢天堂的某一天

這一天，「錢天堂」的老闆娘紅子正在店裡整理商品。她把新零食放在「新上市商品區」，然後擦了擦貨架上的灰塵，調整陳列商品的位置，忙得不亦樂乎。

「打擾了。」一個瘦瘦高高的男人走進店裡，他留著一頭紅髮和紅色的鬍子，臉上露出狡猾的笑容，這個人就是怪童。

「哎喲，這不是怪童嗎？有什麼事嗎？」

「嘿嘿，我來看一下我們的比賽情況如何。」

「你還真性急啊，我們說好比賽時間一個月，現在才過了一半而已。」

「嘿嘿，你就說說目前到底是什麼情況。」

怪童催促著，紅子只好露出無奈的表情回答：

「目前我獲得兩勝，還有一次平手。」

「喔，平手是怎麼回事？」

「有一個客人連續光臨『錢天堂』，起初買了『笑到最後麩果』，第二次挑選了『不敗杏桃乾』。」

「喔，原來是那個老闆，但他最後挑選了我的商品，不能算是平手，應該算我贏才對啊。」

「是這樣嗎？客人分別挑選了你和我的商品，所以我們各收到一枚幸運的寶物，這種情況通常不是該算平手嗎？」

「既然你這麼說，那就這樣吧。對了，紅子老闆娘，可不可以請你積極的向客人推薦我的商品？」

「哎喲，你說這種話真是太沒禮貌了。」

紅子高大的身體搖晃了一下。

「我都會向客人推薦，因為如果只推薦本店的商品，算不上是光明正大的比賽。」

「但是你還沒有向客人推薦過『七款惡鬼點心』吧？」

「……」

「這怎麼行呢？你不把這些商品推薦給客人，未免太奸詐了。『主廚巧克力』、『毒毒落雁糕』、『稻草人形燒』、『嫉妒果凍』、『懶惰糖』、『餓鬼肉桂糖』，以及『失戀餅乾』，每一款都是澱澱經過多次改良的商品，『稻草人形燒』更是倒霉堂的招牌，希望你務必向客人好好推薦。」

「好，如果有適合的客人，我一定會推薦。」

「當然要這麼做。嘿嘿嘿，接下來的比賽越來越令人期待了，不知道誰能拿到更多幸運的錢幣呢？嘿嘿，那我就先告辭了。」

怪童咧嘴一笑，走了出去。

5 主廚巧克力

「呃！」

朱里一打開家門，一股難聞的味道撲鼻而來，她忍不住發出呻吟。那種強烈的焦味中帶著酸酸的氣味，讓眼睛和鼻子都感到刺痛。雖然不知道那是什麼味道，但朱里知道那個味道是從哪裡來的。媽媽正在做晚餐，不知道她今天會做出什麼可怕的料理。

「神啊！請讓我活過今天！」

她邊祈禱邊走進家門時，小學三年級的弟弟蒼一從自己房間走了出來。朱里看到蒼一露出快哭的表情，小聲問他：

「今天是什麼？」

「今天的很不妙，她用可樂煮義大利麵，還不知道在炸什麼。」

「炸什麼？可樂餅嗎？」

「因為都炸焦了，所以不知道是什麼，可能是炸雞塊，而且我還看到媽媽倒了很多醋。」

「所以……搞不好又是上次那種南蠻炸雞塊。」

姊弟兩人交換了絕望的眼神。

媽媽之前也做過南蠻炸雞塊這道菜，在油膩膩的雞塊上淋了用大量醋和果醬做成的奇怪醬汁，光是吞一口就需要很大的勇氣。想到今天晚上又要吃這道菜，朱里很想昏過去算了。

「姊姊，怎、怎麼辦？」

「你小聲點，爸爸給了我一千元，我們趕快趁現在去便利商店買點東西吃。走吧。」

「好。」

朱里帶著弟弟逃出家門。

走去便利商店的路上，姊弟兩人的表情都很沮喪。蒼一小聲的說：

「媽媽簡直就是巫婆，可以把原本好好的食物變得難以下嚥，那根本不是菜，而是黑魔術。」

「是啊。」

朱里也點了點頭說：

「媽媽做的菜已經不是難吃而已了。」

沒錯，朱里和蒼一的媽媽亞里抄，廚藝差到令人驚愕的境界。煮肉的時候不是沒煮熟就是燒焦了；蔬菜都會煮到失去原本鮮豔的色彩，而且完全沒味道。煮的飯永遠軟軟爛爛，煮出來的魚還有濃濃的腥味。

但媽媽很重視營養，說要注意飲食均衡和營養，所以準備點心時，會在布丁上放小魚乾或是醃漬的海鮮，她還曾把肉醬義大利麵放進果汁機裡攪拌成糊狀，說這樣比較容易消化。

而且只要媽媽聽到別人說什麼「很受歡迎」、「很流行」，她都想一試身手。這種靠一知半解的知識和道聽塗說的消息做出來的菜，更加讓人難以下嚥。有一次，媽媽聽別人說：「只要在咖哩和燉牛肉裡加巧克力，口感就會變得很溫潤。」於是就在白醬燉牛肉裡加了三大塊巧克力，還很得意的說：「口感是不是變得很溫潤啊？」

巧克力

即使他們要求媽媽不要亂嘗試，她仍完全不聽。如果敢說她做的菜「不好吃」，那就闖大禍了。

「我為了你們的健康，這麼辛苦下廚做菜給你們吃，還考慮到營養均衡，結果呢！你們這是想造反嗎？氣死我了！」

媽媽每次都大聲吼叫、罵人，然後很生氣。

要安撫媽媽的情緒也是一件苦差事，所以朱里他們只能默默吃著味道和牙膏差不多的香草牛排，放了一整顆魚頭的味噌湯，還有加了營養補充品的飯。

每天吃飯變成一種折磨，簡直太痛苦了，讓人很想哭。

「有同學覺得學校的營養午餐很難吃，我簡直不敢相信。」

「對啊，營養午餐超好吃，我每次都會再多添一碗飯。雖然男生都會笑我，但我才不管那麼多呢。」

「姊姊，你明年就要上中學了，不是每天都要帶便當嗎？到時候怎麼辦？」

「我不敢去想這個問題……」

「我不需要玩具，不需要書，也不需要遊戲，只想吃普通的飯。」

正當朱里發自內心這麼想的時候，突然感覺到好像有人在叫她，於是抬起了頭。

她看到一條昏暗的小巷，平時看到這種小巷，她根本不會多看一眼就直接走過去，但今天卻覺得那條巷子格外吸引人，昏暗的小巷深處好像在召喚她：「進來啊，進來啊。」

朱里忍不住停下了腳步，蒼一催促她說：

「怎麼了？我們趕快去便利商店買吃的。」

「好……但是……我們要不要走這條路？」

「啊？為什麼要走這裡？」

「別問這麼多，走這條路比較近。」

朱里牽著弟弟的手，跑進了小巷子。

要去那裡，要去那裡。

朱里覺得興奮不已，連她也不知道原因是什麼。

就這樣，他們姊弟兩人來到了一家小柑仔店。這家柑仔店掛著一塊漂亮的招牌，上面寫著「錢天堂」三個字，店裡有許許多多從來沒有見過的零食，每一樣都很吸引人。朱里和蒼一立刻被迷住了，忍不住發出嘆息。

他們茫然的看著店裡的商品出了神，有一個高大的人影從店鋪後方走了出來。那個阿姨穿了一件紫紅色和服，身材豐腴，頭髮像雪一樣白，紅色的嘴脣格外引人注目。

那個阿姨看到朱里姊弟，露出了親切的笑容。

「歡迎光臨，今天的幸運客人。兩位請進到店裡來，『錢天堂』的商品豐富多彩、五花八門，相信兩位一定可以找到滿意的商品。」

聽到阿姨這麼說，朱里正準備走進店裡，眼光卻被放在店門前的零食吸引了。

那個零食放在「團結堅果」和「妖怪羊羹」中間，是個用白色包裝紙包起來的小盒子，還用紅色緞帶綁了蝴蝶結。緞帶上有一張小卡片，用巧克力色的字寫著「主廚巧克力」。

「我要這個！我非買這個不可！」

朱里不顧一切的拿起「主廚巧克力」的盒子，大喊一聲：「我要買這個！」蒼一看到「主廚巧克力」，也立刻倒吸了一口氣。

柑仔店的阿姨似乎有點困惑。

「這麼快就決定了嗎？要不要我為你們介紹其他零食？」

「不用了！我就要這個！」

朱里這麼說，蒼一也點頭應和：

「沒錯沒錯，我們就要這個！」

阿姨輕輕嘆了一口氣，點了點頭說：

「好，這個要五元，但要用昭和四十年的五元硬幣支付。」

「昭和四十年的五元硬幣？為什麼？」

「姊姊，別管那麼多了，趕快付錢嘛！」

「我知道啦。呃，我不知道有沒有。」

朱里在錢包裡找了一下，剛好看到有一枚五元硬幣，而且上面的確刻了「昭和四十年」這幾個字。

「謝謝，那我就收下今天的寶物，昭和四十年的五元硬幣。『主廚巧克力』是你們的了，但是……」

阿姨露出有點擔心的表情補充：

「你們千萬不要後悔買了這款商品，因為一旦後悔，後悔就會在內心不斷膨脹。」

「我們才不會後悔！絕對不會！」

朱里和蒼一向老闆娘保證之後，走出了柑仔店。他們忘了原本要去便利商店，兩個人一起看著那盒「主廚巧克力」，越看越激動。

但奇怪的是，他們自己並不想吃。

「姊姊，這、這盒巧克力應該很厲害吧？應該是很厲害的巧克力吧？」

「嗯，絕對是！啊，你看，緞帶的卡片上還寫了字。」

「你唸給我聽。」

卡片的背面寫了以下文字：

「主廚巧克力」充滿美食的能量，只要吃了「主廚巧克力」，任何人都可以成為最棒的廚師，可以用料理讓更多人甘心成為你的僕人。

朱里和蒼一互看了一眼。

「所以……」

「姊姊，我們拿去給媽媽吃！」

「嗯！只要吃了這個巧克力，就會煮出很好吃的菜！」

姊弟兩人急急忙忙的跑回家。

家裡瀰漫著一股惡臭，眼睛、鼻子和喉嚨深處都痛了起來。朱里和蒼一拚命忍耐，衝進了廚房。

媽媽亞里抄站在廚房內，像平時一樣板著臉，攪動著鍋子裡的東西。鍋子裡是灰色的湯，不知道在煮什麼。

朱里努力擠出笑容，叫了一聲：「媽媽！」

「做什麼？我正在忙，平時不是常叮嚀你們，在廚房時不要和我說話嗎？」

「對、對不起，我們只是打擾媽媽一下。」

「對啊，媽媽，我們有禮物要送你。」

「禮物？」

媽媽偏著頭感到納悶，姊弟兩人遞上了「主廚巧克力」。

「這個送你，因為你每天都辛苦煮飯給我們吃，所以我們想謝謝媽媽。」

「這是我們一起去買的。媽媽，你趕快吃，一定很好吃。」

沒想到媽媽滿臉不高興的把頭轉到一旁說：

「我不要，我現在不吃巧克力。我不知道你們是去哪裡買的，裡面一定有很多糖精，吃了對身體不好。」

「媽媽，你不要這麼說嘛！」

「對啊，這是我們送你的禮物，你要吃啊！」

朱里和蒼一覺得絕對不能前功盡棄，所以拚命拜託媽媽，無論如何都要讓媽媽吃下「主廚巧克力」。

媽媽終於投降了。

「真受不了你們，吵死了！好吧，那我吃一口，這樣就可以了吧？」

「嗯！」

「唉，真是討厭，不知道小孩子在想什麼，竟然亂花錢買這種東西，太浪費了。」

媽媽一邊數落他們，一邊粗暴的撕開了「主廚巧克力」的包裝紙，然後打開了盒蓋。

「哇，看起來好可怕！」

媽媽皺著眉頭，朱里和蒼一也探頭看盒子內的東西。

盒子裡有一個用巧克力做的小人，看起來肥肥胖胖的，頭上有一頂用白巧克力做的廚師帽，身上也有用白巧克力做的圍裙，雖然臉上帶著笑容，但看起來很邪惡。眼睛是紅色的砂糖塊，尖尖的牙齒從嘴裡露了出來，手上還拿著用糖做成的長菜刀，看起來十分逼

真。

媽媽一臉無奈的說：

「真的非吃不可嗎？」

「嗯！拜託媽媽！」

「因為這是我們送你的禮物！」

「那我只吃一口喔。」

媽媽皺著眉頭拿起小人，在廚師帽上咬了一小口，立刻瞪大眼睛。

「哎喲……沒想到味道還不錯。」

她又咬了一大口。

最後，媽媽把「主廚巧克力」全都吃完了。她可能對自己一口氣吃完了巧克力感到很丟臉，突然很生氣的對他們姊弟說：

「哼，一吃就知道是便宜貨，不是什麼好東西！雖然有巧克力的味道，但口感太差了，吞下去的時候會卡喉嚨。好了，這樣可以了吧？你們趕快出去，我還要繼續做晚餐，不要影響我！」

朱里和蒼一被趕出了廚房，兩個人悄悄的討論起來。

「這樣算是成功嗎？媽媽會變得很會煮菜嗎？」

「不知道，但至少媽媽全都吃完了……應該算成功吧。」

「如果不成功我們就死定了，你剛才有沒有看到鍋子裡煮的東西？顏色太可怕了。」

「對啊，那種東西絕對沒辦法吃……如果『主廚巧克力』不在晚餐之前發揮功效，我們真的活不過今天。」

希望「主廚巧克力」趕快發揮效果。兩姊弟在晚餐之前，在房間內拚命祈禱。

爸爸英信也回來了。爸爸探頭向廚房張望時說：「不知道亞里抄今天會煮什麼呢？好像沒有聞到怪味道。」朱里激勵爸爸說：「今天一定沒問題，我想應該沒問題……」

然後……

「晚餐煮好了！」

他們聽到了媽媽的叫聲。

朱里、蒼一和英信在做好覺悟後走進廚房。一走進廚房，他們就聞到了香噴噴的味道，口水差一點流出來。

一看餐桌，桌上擺滿了色澤、擺盤都滿分的料理，簡直就像走進了高級餐廳。

亞里抄對說不出話的三人不耐煩的說：

「你們在做什麼！菜冷掉就不好吃了，趕快坐下！」

「好、好！」

朱里他們急忙坐了下來。

桌上的料理色、香俱全，不知道味道怎麼樣？

朱里戰戰兢兢的把菜送進嘴裡。

她才吃了一口，就覺得腦中一片空白。

「真好吃！」

原來這就是所謂好吃得讓人陶醉的感覺。

炸成金黃色的炸雞塊又香又脆，裡面的雞肉鮮嫩可口，越咬越多汁，淋上酸酸甜甜的醬汁，更增添了美味，讓人忍不住一口接一口。

媽媽平時做的洋芋沙拉馬鈴薯都沒煮熟，咬起來硬邦邦的，今天吃起來卻像奶油般入口即化，也沒有加太多美乃滋，和火腿、小黃瓜搭配得剛剛好。

米飯粒粒分明，發出晶亮的光澤。味噌湯也不濃不淡，湯裡的豆腐形狀都很完整。

真好吃！真好吃！

朱里和蒼一滿腦子只有這個念頭，大口大口的吃著菜。英信則是感動得放聲哭了起來。

「亞里抄，你太厲害了！你這麼會做菜，我、我真的……嗚嗚嗚嗚！」

朱里和蒼一也哭了，能吃到這麼美味的菜餚，簡直太幸福了。

媽媽對家人聳了聳肩說：

「對啊，看來你們終於知道，無論什麼食材到了我手上，都可以變成我的拿手好菜。好吧，我原諒你們之前的無禮，希望你們從今以後洗心革面，不要再挑剔我做的任何事，否則我就不煮飯給你們吃。」

「好！」

朱里、蒼一和英信都發自內心的回答。

他們都認為以後的日子一定會過得超幸福，沒想到……這個想法卻是大錯特錯。

一個月後，朱里、蒼一無精打采的看著對方。難道是媽媽的料理變難吃了嗎？

不，正好相反。

「主廚巧克力」的威力真的很強大。亞里抄煮的菜實在太好吃了，緊緊抓住了朱里、蒼一和英信的胃，現在除了亞里抄煮的菜以外，他們完全不想吃其他食物。

亞里抄利用這一點，像女王一樣對他們頤指氣使。

「不可以違抗我。不管我說什麼，你們都要乖乖照做。老公要更努力工作、努力賺錢。孩子們要每天去補習班，以後才能考上名校，還要學英文、學鋼琴，否則我就沒辦法向別人吹噓。」

「去做這個，去做那個。」

只要朱里他們稍微皺一下眉頭，媽媽就威脅他們說：「我以後不煮飯給你們吃了，這樣也沒關係嗎？」簡直每句話都充滿了惡意。

每次聽到亞里抄的威脅，朱里他們就變得畏畏縮縮。光是想像

無法吃到媽媽做的菜，就會忍不住發抖。

雖然很難過，但只能對媽媽言聽計從。

現在他們覺得媽媽做的美味料理簡直變成了枷鎖，而且還是特別粗的鎖鏈，把他們綁得死死的，無法動彈，想逃也逃不掉。

「我們是不是不應該給媽媽吃主廚巧克力？」

「嗯。」

朱里和蒼一直到現在才終於了解到這一點。

其實問題不是媽媽的廚藝，而是她的性格。如果不是媽媽的性格有問題，不可能從以前全家人都討厭吃她做的菜，她還堅持要做。

朱里和蒼一都覺得自己做錯了。當初買「主廚巧克力」的柑仔店裡有很多神奇的零食，一定有可以糾正媽媽個性上容易抓狂、任性的零食，為什麼那時候要急著做決定？早知道就不要買「主廚巧克力」了。

他們內心的後悔越來越強烈。

儘管姊弟兩人沮喪不已，但廚房傳來牛排香噴噴的味道，他們的口水都快流下來了。今天的晚餐一定很好吃，不過，媽媽也一定會更加盛氣凌人。

以前整天吃難以下嚥的食物，現在則是被壓迫得快要窒息了。

「到底哪一種生活更加不幸？」

朱里和蒼一每天都在思考這個問題，但始終無法找到答案。

浦安朱里，十二歲的女生。特別購買者，用昭和四十年的五元硬幣，為廚藝很差的媽媽買了倒霉堂推出的「惡鬼點心」之一「主廚巧克力」。

怪童一勝。

6 款待梨

「啊，好累啊，不想去上班。」

辰雄早上一醒來，就忍不住嘆氣。

辰雄今年二十五歲，是計程車司機，生意還算不錯。這一帶建了不少大工廠，漸漸走向都市化，所以人口和道路一下子增加了不少，搭計程車的人也多了。

辰雄原本就很喜歡開車，對四處去接客人或是長距離開車也沒

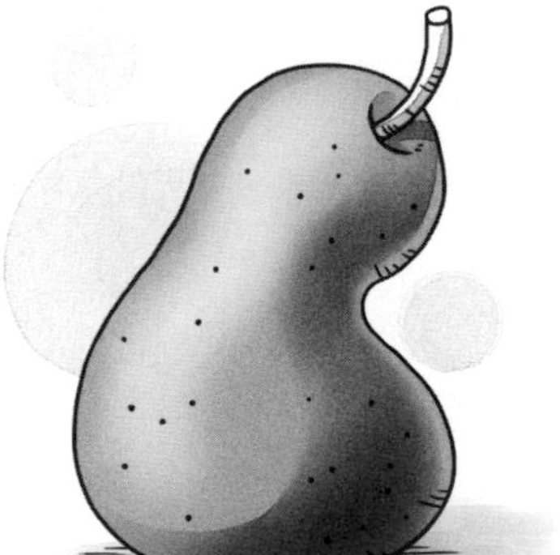

有任何不滿。他從小就住在這裡，知道很多小路和捷徑，只要他願意，可以比其他司機更快把客人送到目的地。

既然這樣，為什麼他不想去上班？不為別的事，就是因為接待客人的問題。

「對待客人要親切，要面帶笑容有禮貌。」

這是辰雄任職的那家計程車公司的宗旨，也是規定。問題是辰雄做不到，尤其遇到一上車就嘰哩呱啦說不停的客人，會讓他覺得特別累。

「客人上車只要靜靜坐在那裡就好，我自然就會把他們帶去目的地。我根本不想和他們聊天，為什麼非要說話不可？真是麻煩。」

因此即使客人找他說話，他也幾乎都不回答，最多只是點頭而已。雖然有的客人很體諒他，知道這個司機沉默寡言，但有些喝醉酒的客人卻會大發雷霆。

甚至還有人會向公司投訴說：「你們公司的司機太沒禮貌了，要好好教他怎麼接待客人！」於是老闆就會把他臭罵一頓。

昨天他也因為這個原因挨了罵。

「你給我聽好了，計程車是服務業，要以客為尊、以客為尊！你不喜歡聊天也就罷了，至少要好好向客人打招呼，客人和你說話要回答！如果你做不到，就去上課接受訓練，好好學一下要怎麼接待客人！如果下次再遭到客訴，我就要開除你！知道了嗎？」

看到老闆大聲咆哮，辰雄只能拚命鞠躬道歉，但是他在心裡卻不停的吐口水。

「我呸！我為什麼要對陌生的客人陪笑臉？我連看到住在隔壁的大嬸都懶得打招呼！」

他當然也不想去接受什麼訓練。誰要做這種麻煩事？不過，現在的狀況的確不太妙，照這樣下去，搞不好真的會被開除。

「如果可以輕鬆學會親切待人，我每天的生活就會很快樂。」

他想著這件事，騎上破機車準備去上班。

但是騎了一會兒，機車發出噗噗噗的奇怪聲音。

「可惡！這輛破機車是怎麼回事啊！」

辰雄覺得自己運氣太差了，他決定把機車停在路旁檢查引擎。

就在這時，他感受到奇怪的動靜。後方有一股陰風吹了過來，他忍不住抖了一下。

他急忙回頭一看，發現有一個男人站在那裡。那個男人又高又瘦，因為戴了一頂很高的絲質禮帽，整個人像鉛筆一樣細長。頭髮和翹起來的鬍子染成紅色，黑色西裝外還披了一件黑色斗篷，看起來像魔術師。

男人露出一臉奸笑對他說：

「小兄弟，你好像遇到了麻煩。」

「嗯……大叔，你不要盯著我看。」

「你不要這麼冷冰冰的，你這輛機車要修理了吧？」

「你會修機車嗎？」

「不不不，我沒這麼厲害，但我可以告訴你，從這條巷子走進去，就有一家機車行，離這裡很近，你可以加把勁，把車子推去那裡。」

男人說完，用力拍了拍辰雄的肩膀。他在拍肩膀時，手指稍微碰到了辰雄的耳朵，辰雄覺得耳朵好像被刀子割到一樣渾身不舒服。但是他還來不及抱怨，男人就快步離開了。

「哼！怎麼回事啊？」

辰雄在咒罵之後，看向男人告訴他的那條小巷。細長的巷子一直通往深處，不知道為什麼，他很想走進去。

「算了，過去看看吧。」

辰雄推著機車走進小巷，每走一步，就越遠離車聲和人聲，整個人被寂靜包圍。他有一種奇妙的感覺，好像走進了夢幻世界。

走著走著，他看到前方有一家柑仔店。這家看起來有點歷史的柑仔店，掛著「錢天堂」的招牌。

店門口有一個身穿和服，看起來像老闆娘的女人。很少看到像她那樣身材高大的女人，老闆娘手上拿著布撣子，仔細清理商品上的灰塵。

辰雄雖然不喜歡甜食，但還是搖搖晃晃的走了過去。

「無論如何都必須去那家店，因為這是命運。」腦袋深處有一個聲音這麼對他說。

老闆娘看到辰雄，對他露出親切的笑容。

河童圓梨

「哎呀，幸運的客人，歡迎光臨『錢天堂』。你想要什麼？無論你有什麼要求，都可以告訴紅子我喔。」

「無、無論什麼要求都可以？」

「對，無論什麼要求都可以，因為『錢天堂』存在的目的，就是為了實現客人的願望。」

老闆娘流暢的應對和臉上親切的笑容，讓辰雄感到很生氣。

「實現願望？什麼嘛，連這種柑仔店的老闆娘，都懂得怎麼招呼客人嗎？所以老闆覺得我還不如這個老闆娘嗎？開什麼玩笑！好，既然她說無論什麼要求都可以，那我就給她出個難題。」辰雄心想。

他決定要獅子大開口，提出老闆娘不可能做到的要求。

「我討厭和別人說話，但因為工作的關係，又必須要和別人交流……我希望自己有和別人聊天的本事，有沒有這種零食呢？」

老闆娘一定會露出為難的表情。辰雄這麼想……

沒想到老闆娘眼睛一亮說：

「有啊。嗯，有很適合你的商品。」

「啊？真、真的假的？」

「當然是真的，你稍等一下。」

老闆娘說完便走進店裡，然後很快又走了回來。

「向你推薦兩樣商品，你可以選擇自己喜歡的。」

老闆娘伸出雙手，手上各拿了一種零食。

一個是用漂亮粉紅色和紙包起來後，用淡黃色繩子綁起來的零食，上面的牌子寫著「輕輕鬆鬆落雁糕」，而且牌子也是花朵的形狀，看了就讓人覺得心情很愉快。

另一個看起來像是西洋梨，有淺淺的黃綠色和葫蘆的形狀，看起來好像在微微彎腰鞠躬。

「這款『輕輕鬆鬆落雁糕』，可以讓你覺得人生和所有的事都很愉快，也不再害怕和人接觸，味道是溫和的桃子口味，入口即化的口感，包君滿意。這個……『款待梨』，是一種讓人變得擅長接待客人的水果。你可以從中挑選喜歡的。啊，我話先說在前頭，你只能買一樣。」

辰雄用力吞著口水。他很想兩個都要，但竟然只能買一個，這個老闆娘太壞了。他看了看「輕輕鬆鬆落雁糕」，又看了看「款待梨」。

「輕輕鬆鬆落雁糕」可以讓人覺得人生很愉快嗎？這樣一來即使遇到難過的事，也能夠輕鬆克服，不會覺得很多事都很麻煩，人生的確會很愉快。

他伸出手，決定要買「輕輕鬆鬆落雁糕」時，剛才被那個紅鬍子男人碰過的耳朵突然發燙，好像被火燒到一樣，讓他回想起老闆罵他的聲音。

「你不懂什麼是以客為尊的款待精神嗎？你給我去重讀小學！」

辰雄用力咬緊牙齒。

「老闆真是囉嗦。以客為尊的款待精神這麼重要嗎？既然這樣，那就買這個好了。」辰雄心想。

辰雄決定買「款待梨」，讓老闆對自己刮目相看。

「款待梨」只要十元，辰雄把十元硬幣交給老闆娘。老闆娘點了點頭，嘴裡嘀咕著「昭和五十一年」，然後露出同情的表情說：「你要小心，千萬不要後悔。」

辰雄聽了之後覺得有點發毛，於是拿著「款待梨」匆匆走出柑仔店。

奇妙的是，機車竟然修好了。他試著再次發動引擎，機車沒有發出任何奇怪的聲音，已經可以好好發動。

「該不會是為了讓我去那家柑仔店，上天才故意讓機車暫時故障吧？」

他一路上這麼想著，然後急急忙忙去了公司。

換好制服，坐上自己的計程車後，辰雄仔細打量「款待梨」。奇妙的是，他越看越覺得這個「款待梨」簡直就是為自己量身打造的。

「對了，我要在載客人之前先吃掉。」

他嗅了一下氣味，一股清香甘甜的味道撲鼻而來，他的口水都快流下來了。

辰雄再也忍不住了，拿起「款待梨」咬了一大口。「款待梨」很甜，而且水分很多，果汁不斷流出來。辰雄不停的吸吮，大口咬著柔軟的果肉，簡直就像飢餓的野獸般一口接著一口，完全停不下來。

吃完之後辰雄大吃一驚，「款待梨」只剩下很小的芯，沒想到芯是看起來很髒、黑乎乎的顏色。

辰雄突然感到很不舒服，立刻把梨芯丟進了垃圾桶。

接下來會發生什麼事呢？

他興奮的期待著，接到了無線電的通知。

「十六號，十六號，請回答。」

辰雄急忙拿起無線對講機。

「這裡是十六號，請說。」

「板倉太太叫車，請前往市區的衛生所載客，完畢。」

「收到。」

辰雄開著計程車前往衛生所，載了年邁的板倉太太。板倉太太經常叫辰雄他們公司的車子，是老主顧，但她很愛聊天，辰雄不怎麼喜歡載她。

板倉太太一看到司機是辰雄，立刻露出「怎麼是你？」的表情。

「這個老太婆是什麼意思？竟然露出這種討人厭的表情。」辰雄的心裡火冒三丈，但自己的嘴巴卻動了起來。

「板倉太太，讓您久等了！謝謝您每次都叫本公司的車子。」

辰雄不敢相信自己居然流利的向板倉太太打了招呼，而且臉上竟然還帶著笑容。

「這是怎麼回事？我完全不想這麼做啊！」

辰雄驚訝不已，板倉太太也愣在原地。這也難怪，因為之前的辰雄向來不苟言笑，幾乎沒有開口說過話，但他現在卻面帶笑容的主動向她打招呼，她當然會感到不知所措。

「對、對啊，今天也拜託你了。」

「好，請放心交給我吧。請問您要去哪裡？」

「呃……可、可以送我去豐姬橋那裡嗎？我約了學生時代的老朋友一起喝咖啡。」

「好的。和以前的老朋友喝咖啡嗎？真不錯啊，豐姬橋有不錯的咖啡店嗎？」

「有、有啊，我常去的那家咖啡店咖啡很好喝，是一家名叫『多納森』的店。」

「是嗎？那我下次有機會要去喝喝看。」

「哎喲，沒想到你也愛喝咖啡啊。」

「非常喜愛呢。」

「這樣啊，我都不知道。」

抵達目的地之前，辰雄和板倉太太天南地北的聊著天，板倉太太顯得很高興，辰雄也對自己的表現驚訝不已。「原來我這麼會聊天！」

「板倉太太，豐姬橋到了，車資是一千五百元。」

「謝謝，給你兩千元，不用找了。找零的錢你就收著吧。」

這是辰雄第一次拿到小費，他再次感到驚訝不已，原來取悅別人也可以帶來這種好處。

「謝謝！」

「我才要謝謝你。」

板倉太太正準備走下計程車，看到她下車的樣子，辰雄第一次發現板倉太太的腿關節似乎有問題。

當他發現這件事後，他的身體又自動採取了行動——他迅速走下駕駛座，向板倉太太伸出了手。

「外山，謝謝你，原來你這麼善良，下次再麻煩你。」

「謝謝，希望下次有機會再為您服務。」

辰雄回到駕駛座，把車子開回公司時忍不住笑了起來。

「太厲害了，效果超級讚，『款待梨』真不是蓋的。」

只要心裡有什麼想法，即使再麻煩，身體和嘴巴都會自然而然動起來，簡直太輕鬆了。

「呀呼！」辰雄忍不住發出歡呼。

接下來的一切都很順利，辰雄愉快的聊天術和親切的態度，很快就得到了客人的好評。

「現在很少遇到這麼爽朗的年輕人，我要預約外山辰雄先生的車子。」

越來越多客人指名要搭辰雄的車子，當然小費的收入也很可觀。就連老闆也對他讚不絕口，經常請他吃大餐。

「人生一步一步走向顛峰！原來這就是笑得合不攏嘴的感覺啊！」辰雄心想。

而且大家都認為辰雄是「優秀的人」，這也讓他感到很得意。

這些人真是太膚淺了。辰雄在內心竊笑。

有一天，辰雄載到一個客人。那個男人有點年紀，臉上的表情很溫和。他穿了一件灰色大衣，頭戴灰色帽子，口袋裡放著看起來很高級的懷錶，還拎了一個看起來很堅固的行李箱，是一位很時尚的紳士。

那個人似乎在趕時間，顯得有點心神不寧。

「請去浦丸銀行。」

「我知道了。」

辰雄回答之後就沒有再說話，專心開車。他判斷這位客人現在沒有心情聊天，「款待梨」的力量讓他能夠了解客人期待怎樣的服務，所以他覺得自己很幸運。

抵達銀行後，紳士下了車。

「我五分鐘就結束，你可以在這裡等我嗎？」

「當然沒問題，您可以慢慢來。」

「不，我五分鐘後就回來。」

男人快步走進銀行，然後五分鐘後就回來了。

「我要去中央車站，可以請你開快一點嗎？」

「好，我了解了。」

那個紳士似乎真的在趕時間。他流著汗，臉色也很差，不停的拿出懷錶看時間。也許他有重要的事，已經快遲到了。沒想到今天路上塞車，如果繼續走目前這條路，會耗費很長的時間。

這個念頭剛閃過辰雄的腦海，他的手就自動轉動了方向盤，駛向另一條路。

「司、司機先生！你是不是走錯路了？」

「別擔心，走這條路比較快。請問你幾點之前要到中央車站？」

「呃，如果可以……我想搭三點半那班電車。」

「一定趕得上。」

辰雄避開了大馬路，在小路鑽來鑽去。辰雄熟悉這裡的大街小巷，只有他才知道這條特別的路線。

計程車成功的在三點半前抵達了中央車站。

那名紳士對辰雄的出色服務高興得熱淚盈眶。

「謝謝你！你真的幫了我大忙！」

那名紳士說完，竟然給了辰雄五萬元，然後像風一樣下了計程車，跑向中央車站。

辰雄忍不住露出微笑。

「真是的，不知道他在急什麼，但真是個好客人。我第一次遇到出手這麼大方的客人。好，今天要去吃壽司。啊，最近好事一樁接一樁，我的運氣太好了。」

但是，幸運不會永遠持續。

第二天，當辰雄來到公司時，發現有兩輛警車停在那裡。他正感到好奇，老闆就臉色鐵青的跑向他。

「喂，外山！你昨天是不是載客人去銀行？」

「啊？喔，對啊，是一個男客人。」

「果然是你！」

「發生了什麼事？」

「你載的那個客人是銀行搶匪！」

不會吧！辰雄瞪大了眼睛。那個氣宇軒昂的紳士，怎麼可能是銀行搶匪？

「開、開玩笑吧？」

「這種事怎麼可能開玩笑？他用刀子威脅銀行的人，然後把一千萬的鉅款裝進行李箱，前後只花了短短五分鐘。監視器拍到搶匪坐上了你的計程車，所以現在警察來調查這件事……你真是太糊塗了，怎麼會去做這種事？」

「啊！我、我只是載客人而已，根本不知道他是銀行搶匪！」

「但是你沒有走大馬路，而是只走小路，不是嗎？發生搶案後，警方立刻封鎖了周邊道路，但是卻沒有攔截到你的計程車，結果就讓那傢伙逃之夭夭了……你該不會是搶匪的同夥吧？」

辰雄聽了老闆這番話，才終於發現自己遇到了麻煩。

「當、當然不是，因、因為客人說他在趕時間，所以我就走小路，避免遇到塞車。」

「你太多事了！如果不是你自作聰明，警方早就抓到搶匪了。你現在要怎麼負責！等一下電視新聞會一直播報你的計程車把客人載走的影像，這樣會破壞我們公司的形象！」

老闆大發雷霆，幾個身強力壯的警察從老闆身後走了過來。辰雄靠「款待梨」的力量，立刻知道警察懷疑他是搶匪的同夥，應該說——他們希望辰雄是同夥。

既然對方這麼希望，辰雄的行為就會盡力滿足對方，因為「款待梨」的效果，就是讓他做出滿足對方期待的行為。

「怎麼會這樣！這下不是完蛋了嗎？唉，早知道就不要吃什麼『款待梨』了。」

辰雄感到眼前一片漆黑。

外山辰雄，二十五歲。用昭和五十一年的十元硬幣買了天獄園的「款待梨」。

怪童一勝。

7 餓鬼肉桂糖

高坂高中的體育館內，女子排球社的人正在努力練習。今天排球社的人分成兩隊練習比賽，所有人都全力以赴，好像真的在參加比賽一樣。

啪！

一顆球快速飛了過來。一年級的優香接到球，接著二年級的愛海擊球，可惜慢了一拍，球打到了球網上。

球場上立刻響起罵人的聲音。

「愛海，你在做什麼啊！」

「這已經是第三次了！請你搞清楚狀況！」

同隊的其他隊友個個露出可怕的表情，瞪著擊球失誤的愛海。

「對、對不起，我下次一定會注意。」

「開什麼玩笑！一次也就罷了，竟然失誤了三次！」

「如果在正式比賽時這樣失誤，就會前功盡棄了。」

「就是啊，山口學姊！」

「你要加強練習。」

就連一年級的學妹也開始指責愛海，身為隊長的柚華急忙開口解圍。

「等一下，大家不要這樣責怪愛海，愛海也很努力。」

「柚華，只要努力任何失誤都可以原諒嗎？」

「就是啊，重要的比賽就快到了，我不希望任何人扯後腿！」

「隊長，你不希望我們獲勝嗎？」

隊友紛紛開始指責柚華。

以前並不是這樣的情況。以前大家的關係都很好，即使有人失誤，也會笑著鼓勵對方說：「別介意！別放在心上，下次再努力！」

但現在每個人的眼神都充滿殺氣，簡直就像彼此有什麼深仇大恨。

柚華看著這一切，不由得感到難過，因為是她自己讓大家變成這樣的。

「我真的……太傻了。」

她詛咒著自己，回想起半年前的事。

半年前，排球社迎接了重大的變化。原先身為排球社重要戰力的三年級學姊退出了排球社，準備專心考大學。新的排球社在新隊長的領導下重新出發——而柚華就是新隊長。

她摩拳擦掌，發誓要好好帶領隊員，努力成為日本第一。

只不過事情沒有想像中順利。球隊非但無法成為日本第一，在柚華擔任隊長之後，他們從來沒有贏過任何一場比賽。

雖然有各種原因，但最重要的原因，還是球技高超的三年級學姊退出排球社所造成的。一年級的學妹還很「嫩」，向心力不足。二年級的隊員，則是還無法充分信賴柚華這個隊長。

球隊轉眼之間變得人心渙散。

每次比賽都輸，柚華漸漸覺得其他隊員很討厭。

「大家太缺乏危機意識了，說什麼只要盡力就好，輸贏不重要，這根本是自欺欺人的藉口。如果無法獲勝，任何比賽都沒有意義。我這麼努力，簡直就像傻瓜！」

其他隊員也感受到柚華的煩躁，所以球隊的氣氛變得很差，根本無法發揮團隊合作的精神。如果下一場比賽無法獲勝，就不能進軍全國比賽。

當她內心累積了許多對隊友的不滿和憤怒時，遇到了一個奇怪的女生。

那個女生剪著妹妹頭，穿了一件有彼岸花圖案的黑色和服。雖然長得像洋娃娃一樣可愛，但她的笑容有點可怕。那個女生對柚華說：「如果你有想實現的心願，可以來我店裡。」然後就帶著柚華來到一家小店。

柚華走進這家布簾上寫著「倒霉堂」的小店後，說出了自己的心願：「我希望隊友改變，我要她們和我一樣，但願比賽可以獲勝。」

那個女生笑著說：

「真不錯，你這麼年輕就野心勃勃，我最喜歡像你這樣有雄心壯志的人了，我很願意把店裡的零食賣給你。」

那個女孩說完，遞給她一個小袋子，裡面裝了許多骨頭形狀的白色糖果。

倒霉堂

「這是『餓鬼肉桂糖』，是本店的招牌零食之一。吃了這種糖果的人，都會對勝利感到飢渴，而且是飢渴到極點，整天想贏、非贏不可。你可以給那些腦筋不清楚的隊友吃，效果超理想。」

柚華覺得那個女生說的話簡直是異想天開，怎麼可能會有這種事？雖然她明知道這一點，但最後還是買了「餓鬼肉桂糖」。

她並沒有相信那個女生的話，但還是決定死馬當活馬醫，把糖果分給隊友吃，覺得只要她們稍微再努力一點就好，至少不要扯自己的後腿。

隔天，她給每個隊友一顆「餓鬼肉桂糖」。

「聽說這是會帶來好運的糖果，只要吃下去，比賽就可以獲勝。大家一起吃，然後一起努力！」

隊友們都瞪大了眼睛，也難怪她們會感到驚訝，因為柚華這一陣子整天對她們發脾氣。

「那、那我就吃囉。」

「謝謝。」

隊友紛紛把糖果放進嘴裡。

「怎麼樣？」

「嗯，很好吃。」

「很好吃，而且……雖然口感有點粗粗的，但有一種渾身湧現力量的感覺。」

「啊，我也有這種感覺。總覺得下一場比賽我們可以贏……我很想贏！」

「柚華，這種糖好像真的很有效。」

「對吧？」

太棒了！柚華在心裡默默點頭，大家似乎都充滿了幹勁，應該會比之前表現得更出色。

「咦？學姊，你怎麼不吃？」

「我不用了，你們吃吧。」

於是其他隊友把「餓鬼肉桂糖」都吃光了。

「很好！」柚華再次點了點頭。

「我們開始練習吧！高坂高中排球社，加油！」

「好！」

所有隊員都跑向球場。

那天之後，高坂高中排球社發生了戲劇性的變化。每個隊友都熱切希望能夠在比賽中獲勝，為了贏得勝利，再嚴格的訓練都沒有半句怨言，每個人都為了勝利默默努力。

這半年來，球隊的進步快得令人難以相信。現在無論參加什麼比賽，都很少會輸。

這完全符合柚華的期待，只不過也因此付出了巨大的代價。隊友吃了「餓鬼肉桂糖」後，彼此的體諒和團結都不見了，所有人的眼中就只有「贏」這件事，所以經常互相責罵，也常常為一些小事發生衝突。

這樣根本失去了打排球的意義。雖然以前認為只要能贏就好，但現在的狀態簡直糟透了。

「為什麼？為什麼會這樣……原本以為只要大家齊心協力，就可以解決問題……為什麼……這不是太奇怪了嗎？」

社團活動結束後，柚華邁著沉重的步伐走回家。她的身心疲憊不堪，滿腦子都想著：「怎麼辦才好？」

不知道是不是因為心不在焉，她竟然走錯了路。當她回過神時，發現自己走進了一條昏暗的小巷，眼前有一家看起來很有歷史的店。

「柑仔店？」

沒想到，竟然有人會把柑仔店開在這種鳥不生蛋的地方，但這家店散發出難以形容的魅力，好像和上次那個女生帶她去的「倒霉堂」有完全不一樣的魔法。

也許這裡會有像「餓鬼肉桂糖」一樣，可以實現願望的零食。

柚華情不自禁的走進柑仔店。

店裡有一個身穿和服的老闆娘，像雪一樣白的頭髮高高盤起，上面插了好幾根有玻璃珠子的髮簪，而且她的個子很高，不僅高大還很胖。柚華忍不住想，也許她以前是排球選手。

柚華驚訝的站在那裡，老闆娘對她露出微笑說：

「幸運的客人，歡迎你來到錢天堂。」

「啊？」

「『錢天堂』可以實現客人的心願，但是……你好像有非常複雜的煩惱，先把你的煩惱說出來，我再為你推薦適合的商品。」

老闆娘要柚華說出來龍去脈。

柚華娓娓訴說著社團的事。奇怪的是，在這個老闆娘面前，自己願意坦誠說出所有經過。當初因為隊友沒有動力，所以讓大家吃了「餓鬼肉桂糖」，結果現在隊友一心追求勝利，卻變成了最差勁的球隊。

「我也不知道為什麼會變成這樣。我知道是因為『餓鬼肉桂糖』

讓大家對勝利有強烈的追求，但現在比以前更不團結了。我、我以為大家只要像我一樣想贏，就可以團結一致，但現在這樣……打排球根本沒有意義。大家都不聽我的指揮，我不配當隊長。」

柚華垂頭喪氣，老闆娘點了點頭說：

「原來是這樣，我大致了解了。所以你希望和隊友團結一致，想成為稱職的隊長，帶領大家對吧？」

「……」

「沒問題，交給我紅子就行了，我有兩款值得推薦的商品。」

老闆娘拿出一個透明的小袋子，和另一個塑膠杯子放在櫃檯上。

袋子裡裝了很多堅果，圓圓的金褐色堅果像項鍊一樣串在一起。

「這是『團結堅果』，只要和隊友一起吃，大家就會很神奇的團結在一起，無論做任何事都會團結一致，我相信這樣就可以實現你的願望。雖然可能會對彼此造成一些束縛，這點還請你諒解。」

然後，老闆娘又指了杯子。柚華原本以為那是布丁，但好像是泡麵。金色的杯子上蓋了一個杯蓋，上面有一個皇冠圖案，還寫了「君王麵」的字樣。

「『君王』是領導百姓的王者，是終極的領導人。『君王麵』中有君王的靈魂，只要吃了就可以發揮超強的領導力，可以讓一切都如自己的願，但也容易變成暴君，有招致別人怨恨的缺點……」

柚華說不出話來，雙眼緊盯著「團結堅果」和「君王麵」。這兩樣東西都有強烈的吸引力，深深打動了她的心。她無法選擇，不管怎麼樣都無法做出選擇。

「我、我可以兩樣都買嗎？」

「不行。『錢天堂』只能賣一件商品給你，請你選一件。」

柚華的心在兩件商品之間搖擺。到底要選讓所有隊友團結一心的「團結堅果」好呢？還是要選可以帶領大家的「君王麵」呢？這兩件商品都超級棒，她都很想要。

但是……如果非選不可，應該要選「君王麵」吧？只要自己這個隊長發揮出色的領導力，整個球隊就會團結起來。而且如果可以像君王一樣，大家一定會依靠自己。

想到這裡，柚華覺得自己很想要「君王麵」，想要到連心臟都隱隱抽痛了。

但是當她準備伸出手時，突然想到一件事。吃了「君王麵」之後，自己真的能夠感到滿足嗎？

這麼一想，她突然感到豁然開朗。

沒錯，上次買「餓鬼肉桂糖」的時候也是這樣，起初以為大家只要變強問題就解決了，但其實事情並沒有這麼簡單。

吃了「君王麵」應該也一樣，就算挑選了「團結堅果」，最後也一定會後悔。

柚華終於發現，如果不是靠自己能力掌握的東西，根本就沒有意義。

「不對，不管是『君王麵』或『團結堅果』，都不是我真正想要的東西。」當她這麼想時，老闆娘驚訝的瞪大了眼睛。

「哎呀，你好像有了不同的願望。是什麼願望？說出來聽聽。」

「我希望回到以前。」

「什麼意思？」

「我希望回到遇見『餓鬼肉桂糖』之前的日子，我不應該讓大家吃那個零食……是我的錯，大家都很努力……但我並沒有看到大家的努力，還認定她們沒有盡力……我根本沒有資格把球隊變成那樣。」

她希望大家可以恢復原來的樣子，想要回到以前大家感情很好的日子。

柚華的淚水在眼眶中打轉，老闆娘目不轉睛的看著她，然後笑了起來。

「如果是這樣……雖然那是其他商店的商品，但也不是不能消除『餓鬼肉桂糖』的效果，只不過……」

「只不過？」

「你當初為了自己的欲望，讓其他人吃了『倒霉堂』的零食，為了消除『餓鬼肉桂糖』的效果，你必須付出一樣寶貴的東西。這一次，要用你對排球的熱情來交換。」

「熱情？」

柚華不由得感到害怕。老闆娘探出身體靠近她，收起了臉上的笑容。

「你應該知道，一旦失去對排球的熱情，會有怎樣的結果吧？即使比賽贏了，你也無法再像以前那樣雀躍，而且我相信你早晚會離開排球的世界。」

「……」

「即使這樣也沒關係嗎？你做好這樣的心理準備了嗎？」

老闆娘露出可怕的眼神，高大的身體變得更加巨大，她的影子占滿了整家店，柚華覺得自己快被那個影子吞噬了。

好想逃走，好想馬上逃走。但是……她不想再臨陣脫逃了！

柚華發揮毅力堅持了下來，大聲的說：

「沒、沒問題！我做好心理準備了！」

「真的嗎？」

「真、真的！我希望大家變回原來的樣子。」

老闆娘突然笑了起來，剛才一下子變大的影子也恢復了原狀。

「很好，請你稍等我一下。」

老闆娘把一個看起來像汽水瓶的玻璃瓶遞給柚華，裡面裝了透明的液體。

柚華接過瓶子，瓶子裡的液體突然變成了紅色。

與此同時，她覺得有某個東西離開了自己的身體。原本在內心

燃燒的東西一下子消失了，這種寂寞的感覺讓她的眼淚湧了上來。

但是柚華忍住了，自己不能為這種事情流淚。

「只要讓大家喝這個就行了嗎？」

「對，而且要分給大家喝喔。啊，不用付錢，這不是商品，只是我家水井裡的水，分你一點沒問題。」

老闆娘的眼神很溫柔。

「我認為你做出了明智的選擇，雖然你無法成為本店的客人有點可惜，但你已經不需要任何東西了。就算失去排球，你一定可以再找到新的興趣。那就請你多保重了。」

「謝、謝謝你。」

柚華道謝後走出柑仔店，沒走幾步，就來到了熟悉的大馬路。她回頭一看，發現那家柑仔店已經不見了。

柚華低頭吐出一口氣，手上的玻璃瓶變得鮮紅，好像在燃燒一樣。

「我的『熱情』應該都溶在裡面了，原來我的『熱情』顏色這麼漂亮。」

她突然不想分給大家喝了，因為她覺得失去「熱情」太可惜了。也許應該選擇「君王麵」或是「團結堅果」。

「不！不對！」

柚華用力搖頭，甩開前一刻的想法。

「我不能這麼想，我不想要後悔，我必須結束這一切。」

柚華想到這裡，拿出手機打電話給學妹。

「喂？是我。你可不可以請大家集合？我有重要的事要告訴大家。嗯，謝謝你，那你傳訊息給所有人，請大家明天放學後到體育館集合。」

掛上電話後，她終於再也忍不住的流下了一滴淚水。

她用力擦乾淚水，然後邁開堅定的腳步。

那個客人離開後，紅子緩緩轉頭看向後方。一隻貓不知道什麼時候出現在那裡，這隻漂亮的黑貓，身上的毛髮像絲絹一樣，還有一條長尾巴。

紅子溫柔的撫摸叫了一聲的黑貓。

「墨丸，你最乖了，原來你也看到啦。『倒霉堂』以前的客人竟然會來這裡，我真是沒想到。不過，她最後也沒有買任何商品。」

「喵嗚？」

「嗯？什麼？你問我為什麼心情很好？因為真的很高興啊，像她那樣有骨氣的客人，早晚可以抓住幸運。想到這件事，我就忍不住高興。呵呵呵，沒想到有客人好不容易來到『錢天堂』，竟然沒買任何商品。人真的太有趣了，正因為這麼有趣，我才會繼續開這家柑仔店。」

紅子心滿意足的小聲說完，便把黑貓抱了起來。

「好了，今天是約定的日子，我要去告訴怪童比賽的結果。墨丸，你也要和我一起去吧？對嘛，對嘛，當然要一起去。」

紅子一邊對黑貓說話，一邊走出了柑仔店。

黑岩柚華，十五歲的女生。之前曾向「倒霉堂」的澱澱買了

「餓鬼肉桂糖」，雖然紅子向她推薦「君王麵」和「團結堅果」，但她退縮了。

「錢天堂」的紅子和「天獄園」的怪童平手。

番外篇　捲土重來的惡意

黑暗中，有個大鳥籠懸在空中。鳥籠內有一個鞦韆，一名少女坐在鞦韆上。

這個剪了妹妹頭的少女穿了一件短和服，年紀看起來七歲左右，她的臉蛋很美麗，冷淡得有點可怕。

「倒霉堂」的澱澱坐在鞦韆上，面無表情的臉簡直就像結了冰。

「澱澱，好久不見。」

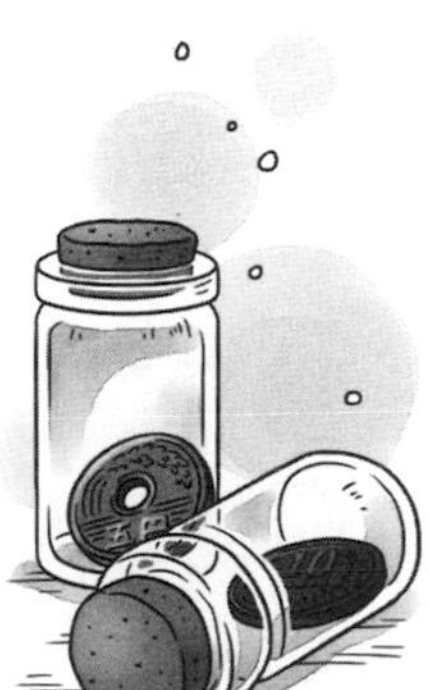

澱澱看著下方，看到一個紅鬍子的瘦高男人。

「哼，原來是怪童。」

澱澱說話的聲音沙啞，感覺像個老太婆。

「怎麼樣？有沒有把紅子打得落花流水？」

「關於這件事……」

「你失手了嗎？」

「呃，我贏了兩次，但最後打成了平手。」

怪童滿臉歉意的說完，從懷裡拿出兩個小瓶子，裡面各裝了一枚硬幣。

澱澱狠狠瞪著怪童說：

「哼，只得到兩枚嗎？真沒出息。我給你的『七款惡鬼模型』呢？你沒有用嗎？」

「怎麼可能！當然用了啊，這兩枚硬幣中，有一枚就是靠『主廚巧克力』得到的。不愧是『倒霉堂』的招牌零食，威力太強大了。」

怪童向澱澱詳細說明比賽的情況，想要討她歡心。但澱澱不發一語的聽著，聽到最後那個客人的事時，瞪大了眼睛。

「買了『餓鬼肉桂糖』的女孩？你這麼一說我想起來了，在我被關來這裡之前，我曾經把『餓鬼肉桂糖』賣給一個高高的女孩，那個女孩去了『錢天堂』嗎？」

「對，但她最後什麼也沒買，紅子說最後只給了她一瓶井水。雖然我們打成了平手，但紅子看起來很開心。」

「她看起來很開心？哼，那當然啊，因為她又搶走了我的客人。她只給客人井水？才沒這麼簡單，她用這種方法消除了我家零食的功效。可惡！這一局我輸了。啊，我可以想像她得意的笑容。」

澱澱咬牙切齒的說完後，突然陷入了沉默。

怪童戰戰兢兢的開了口。

「反正……兩勝兩敗兩平手的話，紅子也必須承認你的實力，因

為是公平競爭，所以這樣的結果還算不錯。」

「……」

「溷溷？你在生氣嗎？」

「沒有。」

溷溷搖了搖頭，嘴角露出可怕的笑容。

「我只是稍微鬆了一口氣。聽完你剛才報告的情況，我深刻體會到必須由我親自出馬打敗紅子，否則難以平息我心中的怒火。」

「這、這樣啊。」

「我很快就可以離開這個鳥籠了，到時候……呵呵呵，我就要好好教訓她，真是期待啊。」

澱澱雙眼發亮，簡直就像藍色的鬼火。

「你幹得還不錯，我就按照當初的約定，授權你今後可以自由使用『七款惡鬼模型』。啊，那個小瓶子要留下來。」

「知道了，那我就先告辭。」

怪童把小瓶子放進鳥籠，然後匆匆離開了。

澱澱從鞦韆上跳下來，拿起兩個小瓶子，看著裡面的零錢，腦海中浮現了「錢天堂」老闆娘紅子的身影。

「一眨眼就三十年了……」

那天晚上，溦溦在鬧區逛街，尋找有可能成為客人的對象。街上有各式各樣的人，男人、女人、老人、年輕人，有人的表情一臉不滿，有人笑得很開心，有人帶著黑暗的影子，也有人眼神空洞，對溦溦來說，他們都是很有潛力的客人。

但是溦溦這一天特別壞心眼，她決定要找看起來很幸福的客人，或是看起來很憨厚老實的客人，因為破壞這種人的人生最開心。

然後，她終於找到了。

迎面走來一個看起來像是學生的年輕人。他眼神正直，看起來有很強烈的正義感，而且似乎很高興，不知道是不是遇到了什麼好事。

如果在這個年輕人身上，挖掘出陰險毒辣的惡意，應該很好玩。

澱澱打定主意後，便開口叫住那個年輕人。

「哥哥，你好像遇到了什麼開心事，要不要去我店裡聊一聊？也許可以讓你的幸福加倍。」

澱澱的聲音雖然沙啞，但聽起來嬌滴滴的，很有磁性，只要一聽到她的聲音，十之八九都難以抵抗。

沒想到這個年輕人不為所動，他露出驚訝的表情，看到澱澱之後，立刻抓住她的肩膀說：

「這麼晚了，像你這樣的小孩怎麼可以一個人走在街上？你的爸爸、媽媽呢？他們在哪裡？你知道自己的名字，住在什麼地方嗎？」

「啊？你、你在說什麼？」

「你和大人走散了嗎？那就沒辦法了。我記得這附近有一個派出所，好，你跟我來，我帶你去派出所。」

「喂！你放開我！」

「你不用害怕，我只是帶你去找警察。來吧，別擔心。」

年輕人牽著驚慌失措的澱澱向前走。不知道是不是要安撫澱澱的情緒，他邊走邊自顧自的說了起來。

「我以後要當警察。我以前的夢想是抓壞人，現在剛進警察學校就讀。」

「這樣啊。」

澱澱終於冷靜下來。原來是個想當警察的年輕人，剛好有很適合他的零食。

澱澱故意裝出幼稚的聲音說：

「哥哥，我有很棒的零食，因為你很善良，所以特別送給你。」

澱澱從懷裡拿出了「地獄的正義：閻王糖」。吃了這款零食會增加正義感，但這種正義感會越來越強烈，最後認為只有自己的想法才正確，覺得別人都是壞蛋。也就是說，誰吃了這種糖，最終會走向毀滅，但澱澱希望看到這樣的結果。

這個年輕人看起來傻傻的，一定會欣然接受。

沒想到……那個年輕人只瞥了「地獄的正義：閻王糖」一眼。

「不，我不需要。」

「啊！為、為什麼？」

「我已經吃過點心了。我剛才撿到失物，結果失主是一家奇怪柑仔店的老闆娘，我看到店裡的零食很想吃，就忍不住買來吃了。」

「怎麼會……那、那是什麼零食？」

「就是『正義使者：英雄刑警布丁』，我一走出柑仔店就馬上吃了，超好吃的。吃了那個布丁，我就覺得不需要其他東西了，你留著自己吃吧。」

「我……」

「啊？」

「放開我！」

澱澱用力甩開年輕人的手，逃進了小巷子，她白淨的臉因為怒氣漲得通紅。

「正義使者：英雄刑警布丁」？沒錯，絕對是「錢天堂」的商品。

「竟然讓我丟這麼大的臉！」

沒想到自己鎖定的年輕人，竟然已經是「錢天堂」的客人，而且那個年輕人選擇「錢天堂」的商品後，還對自己的商品不屑一顧。這件事成為強烈的恥辱，深深烙印在澱澱心上。

「錢天堂」和「倒霉堂」都賣零食點心，所以澱澱之前就把「錢天堂」視為眼中釘，也對「錢天堂」把「運氣」這種不入流的東西作為商品感到很不高興。但是，這次的事讓她一下子產生了深仇大恨。

澱澱從那天之後就懷恨在心，一直找機會想要澈底擊垮「錢天堂」的老闆娘紅子。

太可恨了，太可恨了。澱澱聚集了所有的仇恨，緩緩搖晃著手上的小瓶子。瓶子裡的零錢扭動起來，漸漸改變了形狀。

不一會兒，兩枚零錢變成了兩隻小招財貓，但在澱澱手上誕生的招財貓和錢天堂的招財貓不同，是宛如黑暗的黑色。

「很好。」澱澱笑了起來。

雖然數量不多，但還是得到了自己想要的東西。接下來只等自己離開這個鳥籠，而且這一天很快就會到來。

「紅子……你等著吧。」澱澱注視著黑暗，小聲說道。

「我很快就會復活了，到時候我會砸了你那家可惡的柑仔店。你等著吧，你好好等著這一天到來吧。」

溷溷說完，看著黑色的招財貓說：

「等我出去之後，你們要給我好好工作。我還要開店，要開一家很棒、很棒的店。」

溷溷把招財貓放在肩膀上，開心的盪著鞦韆。

鞦韆在黑暗的鳥籠中發出吱吱吱的聲音，這個可怕的聲音久久無法散去……

4月4日　晴天

今天去賞花，主人為了犒賞平時認真工作的招財貓，做了很多好吃的東西。真好吃，真開心，真漂亮，今天是完美的一天，喵喵喵。

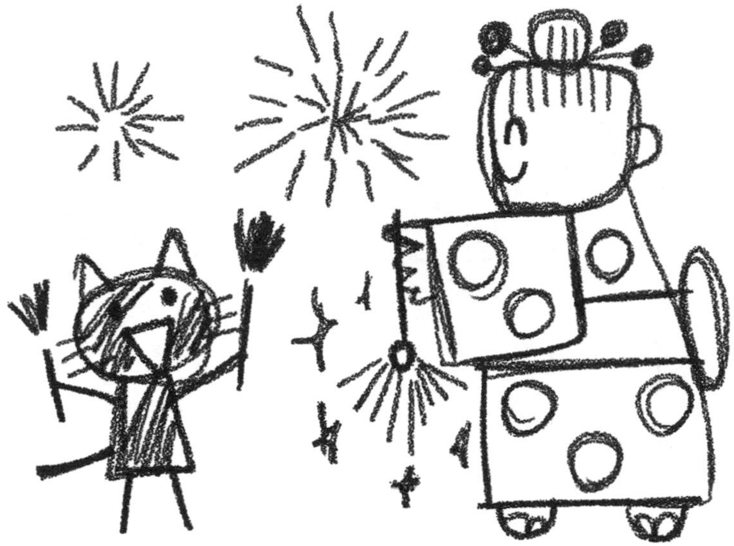

7月21日 晴天

今天在院子裡放煙火，有紅色、綠色、藍色、金色，煙火的顏色五彩繽紛，但我和主人都最喜歡仙女棒，喵喵喵。

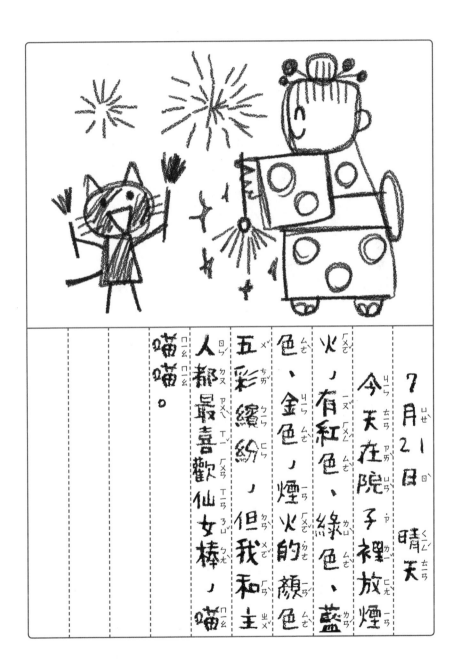

10月15日 陰天

今天是秋天新品上市的日子。「我才不怕檸檬」、「賞月軟糖」、「蓬蓬棉花糖」、「金色金鍔燒」、「無栗仙貝」。我最喜歡的是「賞月軟糖」，喵喵喵。

12月29日 下雪

今天下雪了。我遇到主人的第一天，也是一個下雪天。主人對我說：「你真漂亮，像黑炭一樣黑。」然後就把我撿回家了。主人的頭髮也像雪一樣白，我最喜歡白雪了，喵喵喵。

推薦文

透過閱讀，打開讀者視野，成就孩子夢想

◎邱怡雯（教育部閱讀推手、宜蘭縣順安國小閱讀教師）

國中教育會考寫作測驗題目曾出現：「我想開設一家這樣的店」，學生必須先思考想開設一家怎麼樣的店，再想一想經營一間商店的緣由，可能是為了實踐某個夢想，或是滿足生活中的各種期盼，進而寫出一篇完整的文章。而《神奇柑仔店》系列無疑是寫作素材的最佳來源之一。當然，閱讀最主要的目的並不是為了升學考試，但閱讀卻可以打開讀者的視野，短時間就能抵達各種未知的情境或是國度，成就孩子夢想，或是和故事角色們一起體驗不一樣的生活情境，領悟不同的人生經驗。

這間「神奇柑仔店」，到底有多「神奇」呢？不只是販賣物品名稱和功效很神奇，客人與店鋪相遇的方式也很奇妙，甚至每一個出場的角色人物也各具特色。作者廣嶋玲子是這麼描寫「錢天堂」柑仔店的老闆紅子：身材高大，身穿紫紅色的和服，有著一頭雪白的頭髮、豐腴卻沒有任何皺紋的臉龐；而這集出現的新角色「怪童」，他身材瘦長，戴了一頂高高的禮帽，披著黑色斗篷，油亮的頭髮，下巴上翹起草莓色的鬍子，臉上露出狡猾的笑容，讓人覺得一點都不可靠。透過這些生動的文字傳遞，腦海中立刻浮想兩位主角獨特的外型，肯定能吸引孩子們的注意！

每個來到錢天堂的顧客都是帶著自己的問題而來，想要尋求一個解方，解決當前的問題。在這集的故事中，怪童代表溵溵和紅子進行零食ＰＫ賽，來到錢天堂的客人究竟會選擇「錢天堂」還是「倒霉堂」的商品呢？作者巧妙的安排了故事情節，讓讀者可以先猜一猜主角會選擇哪種神奇商品，接著鋪陳故事主角享受短暫的美好。作者營造出一個接著一個的高潮，也藉此讓讀者領悟到人生的哲理。

而故事精采之處是作者創造了故事的轉折：主角需迎向接下來超能力失衡的情境，書中耐人尋味的是後悔，像「主廚巧克力」中的姊弟；是鑄成大錯，像「款待梨」中的計程車司機辰雄；更有大澈大悟，像「圓頂夢想屋」的裕美。

其實不管是錢天堂或是倒霉堂的產品，每種新奇有趣的零食都有特別的功效，能滿足主角內心的渴望，不僅符合孩子們喜歡冒險好奇的精神，同時也表達出每個人心中都有個欲望。人們來到商店想求得幸運，卻沒有靠著自己的力量去解決問題，或許也因此帶來反效果。而每一個遇到問題的人，都能夠抗拒倒霉堂產品誘惑嗎？到底該選哪一樣產品呢？或許讀完這本書，你將有不同領會與感受。

這本充滿創意想像、趣味、抉擇、警世的橋梁書，能拉進孩子與文字的距離，讓人看了愛不釋手，彷彿徜徉在琳瑯滿目的柑仔店中，歷經一場又一場的驚喜冒險。「輕輕鬆鬆落雁糕」、「身輕如燕果」、「不敗杏桃乾」、「笑到最後麩果」，你喜歡哪一個呢？或者，你也想開一間柑仔店嗎？那麼，你想賣的是什麼樣的神奇商品呢？

零食對對碰

活動設計／邱怡雯（教育部閱讀推手、宜蘭縣順安國小閱讀教師）

● 神奇柑仔店裡販售琳瑯滿目的零食，請你幫忙找一找各種零食的功用，寫下它的名稱和功用。

一種讓人變得擅長接待客人的水果。

【　　　　】

充滿了美食的能量，只要吃了它，任何人都可以成為最棒的廚師，可以用料理讓更多人甘心成為你的僕人。

【　　　　】

C

A

D

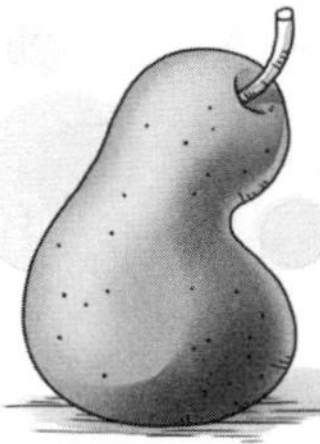

B

【　　　　】

【　　　　】

比賽的關鍵在於最後關頭，只要最後能夠反敗為勝，之前的落敗就可以一筆勾銷。吃下它能讓你在關鍵的比賽中發揮作用，贏得勝利。

想要親身體驗「圓頂夢想屋」的世界，可以吃下它，然後用手摸著夢想屋。這樣身體就會縮小，可以進入圓頂夢想屋。只要把口香糖吐出來，就可以變回原來的大小，走出圓頂夢想屋的世界。

● 想一想這些零食的特殊功用是什麼？

餓鬼肉桂糖

輕輕鬆鬆落雁糕

稻草人形燒

貪婪紅豆泥

神奇柑仔店7

糟糕！我吃了款待梨

作　　者｜廣嶋玲子
插　　圖｜jyajya
譯　　者｜王蘊潔

責任編輯｜楊琇珊
特約編輯｜葉依慈
封面設計｜蕭雅慧
電腦排版｜中原造像股份有限公司
行銷企劃｜葉怡伶

天下雜誌群創辦人｜殷允芃
董事長兼執行長｜何琦瑜
媒體暨產品事業群
總經理｜游玉雪
副總經理｜林彥傑
總編輯｜林欣靜
行銷總監｜林育菁
主編｜李幼婷　版權主任｜何晨瑋、黃微真

出版者｜親子天下股份有限公司
地址｜台北市 104 建國北路一段 96 號 4 樓
電話｜（02）2509-2800　傳真｜（02）2509-2462
網址｜ www.parenting.com.tw
讀者服務專線｜（02）2662-0332　週一～週五：09:00~17:30
讀者服務傳真｜（02）2662-6048
客服信箱｜ parenting@cw.com.tw
法律顧問｜台英國際商務法律事務所・羅明通律師
製版印刷｜中原造像股份有限公司
總經銷｜大和圖書有限公司　電話：（02）8990-2588

出版日期｜2020年 9 月第一版第一次印行
　　　　　2024年 1 月第一版第二十五次印行
定　　價｜300元
書　　號｜BKKCJ064P
ISBN｜978-957-503-643-0（平裝）

訂購服務
親子天下 Shopping｜shopping.parenting.com.tw
海外・大量訂購｜parenting@cw.com.tw
書香花園｜台北市建國北路二段6巷11號　電話（02）2506-1635
劃撥帳號｜50331356　親子天下股份有限公司

立即購買 >

有聲故事書

國家圖書館出版品預行編目資料

神奇柑仔店7：糟糕！我吃了款待梨／
　廣嶋玲子 文；jyajya 圖；王蘊潔 譯.
　-- 第一版. -- 臺北市：親子天下, 2020.09
244面；17X21公分. --（樂讀456系列；64）
譯自：
ISBN 978-957-503-643-0（平裝）

861.596　　109009441